Rumbo al Punto Cierto
(Novela)

Es propiedad de la autora: Rosario Rexach.

Derechos reservados.

Depósito legal: 8.911 - 1979.

I. S. B. N. 84-499-2644-0.

1.ª edición 1979.

El grabado de la portada es original del pintor, arquitecto y escenógrafo cubano, Guido Betancourt.

Printed in Spain.   Impreso en España.

Editorial **MENSAJE**
125 Queen Street
Staten Island, New York, 10314

ROSARIO REXACH

Para Jara y Matías con un fuerte abrazo de
Rosario

Rumbo al Punto Cierto
(Novela)

2. 7. 1986

EDITORIAL MENSAJE
MADRID - NEW YORK

A Cuba, en la distancia

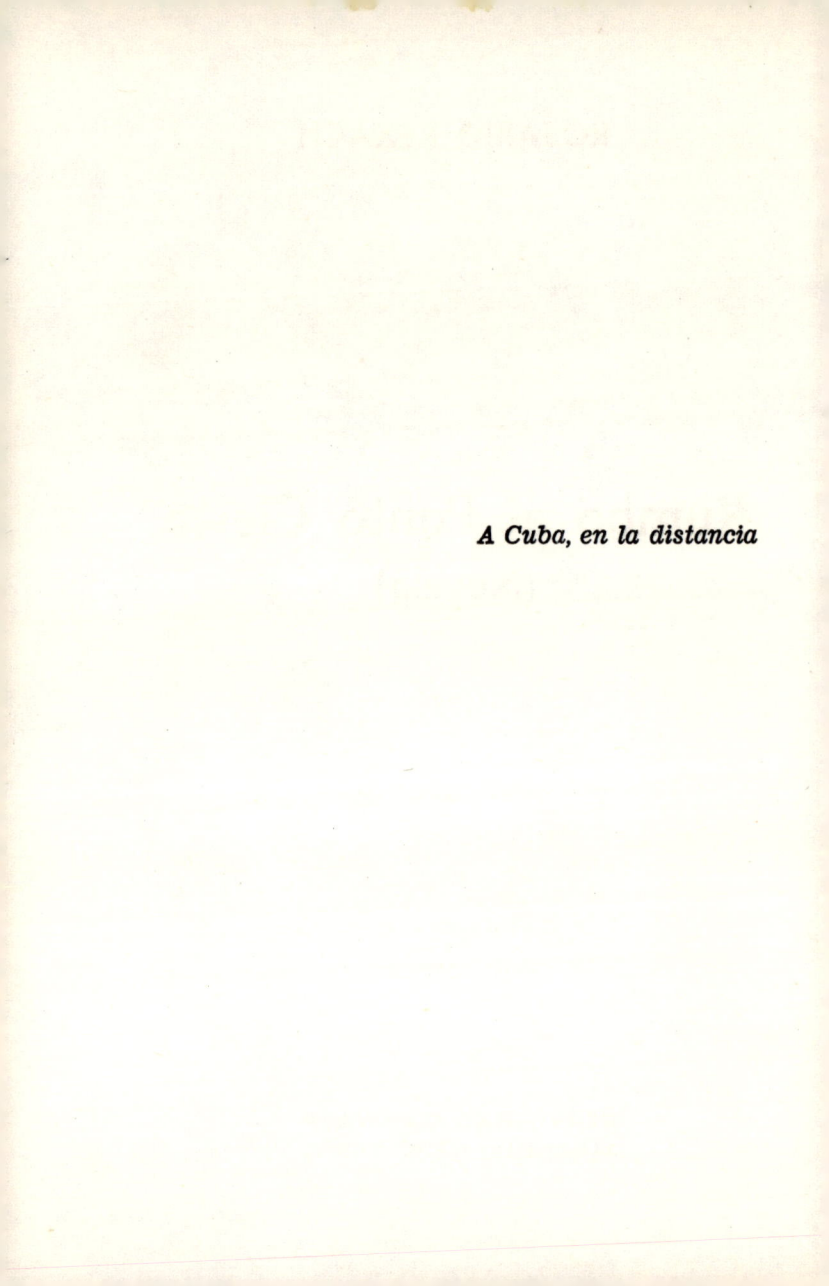

PRIMERA PARTE

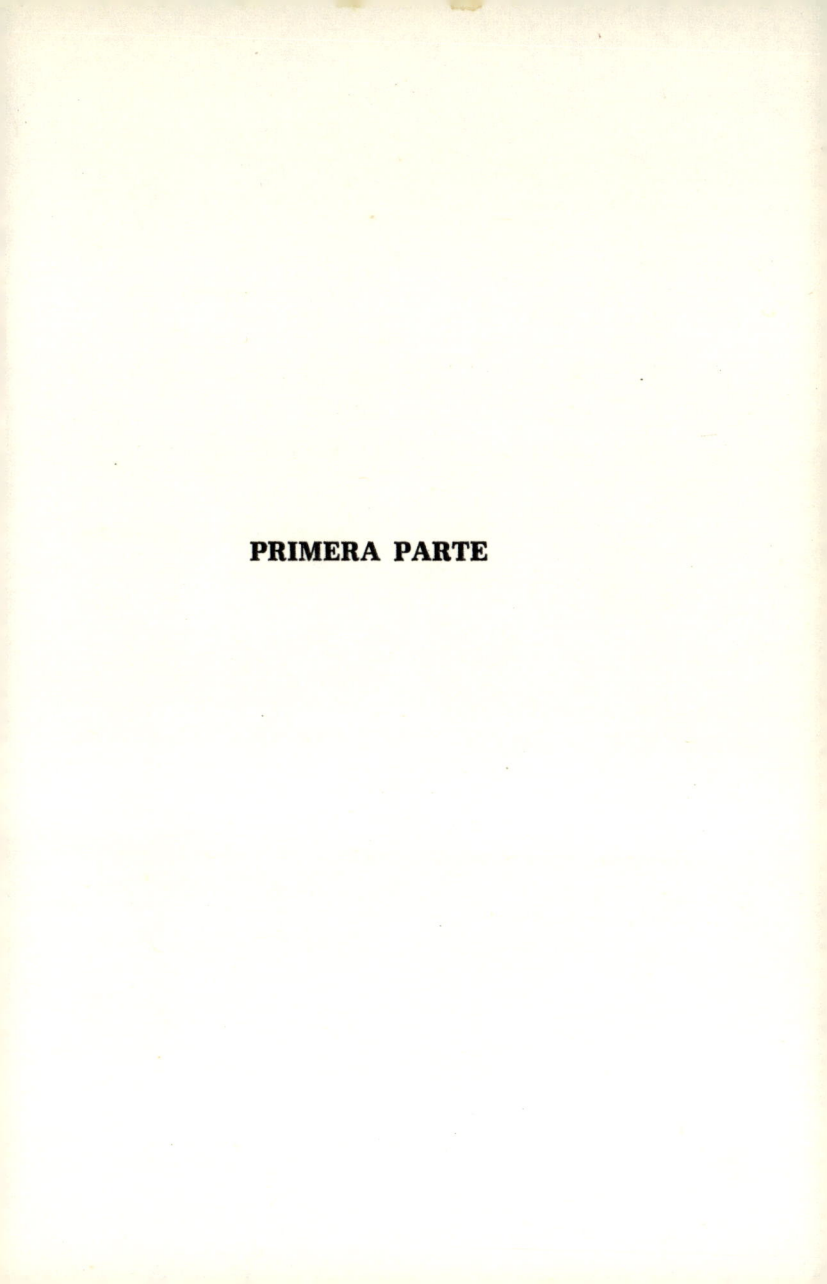

El avión va repleto. Es un 747. Vamos vía Europa. Primera escala: Lisboa. Es tarde. Las luces amarillas, rojas y azules de la pista de Iddlewild o Kennedy titilan y la lluvia ha dejado pequeñas zonas en las que pueden verse los reflejos. Una atmósfera densa y confusa invade el avión. La tensión se refleja en las caras. Yo estoy inmerso en mis recuerdos. Mi tierra tan lejana. Mi niñez. Mi familia. Mi hijo. Mis maestros. Mis amigos. ¿Iré a quedarme en Europa por siempre? Me aterra pensarlo. No tengo más que treinta años. Pero creo que he vivido mil. Las vidas no son todas iguales. Parece estúpido y tonto decirlo o pensarlo. Pero es la verdad. Junto a mí va una señora. ¿Cuántos años tiene? Difícil adivinarlo. Todo desconcierta en esa cara tan honda y al mismo tiempo tan apacible. Es algo raro. No me lo explico. No parece interesada en nadie. Pero no está abstraída. Tengo la impresión de que está rezando. ¿Tendrá miedo? ¿O habrá una profunda humildad en su actitud? Me intriga. Veo que mira atentamente hacia fuera. ¿Qué mirará? El cielo es nada más que una negra extensión. ¡Si al menos la viera mirar las luces! El ruido del motor listo para el despegue me ensordece y sin querer me muevo inquieto en el asiento. Al cruzar las piernas topo con la señora en cuestión. Murmuro un "perdóneme" al que responde "no se preocupe" casi con una sonrisa. De pronto se ha rejuvenecido y sigo pensando sin querer en ella. Me molesto al descubrirlo. Abro un periódico. Reafirmo mi cinturón de seguridad. Y hago el ademán de encender un cigarrillo. Salta a mis ojos "No smoking, please". Está visto. Estoy nervioso. Me angustia lo que me espera. Pero ¿no me lo he buscado yo? ¿Por qué me preocupa tanto este viaje? Ya una vez abandoné mis raíces. Aquel día en que decidí dejar mi tierra para elegir "entre la libertad y el miedo" como ha dicho alguien. ¿Eudocio Ravines?, ¿Germán Arciniegas? Realmente no me acuerdo. He leído tanto en los últimos años y las cosas se han precipitado en mi vida de tal modo que siento como si por mi cerebro circulase una película escapada de su engranaje y que se deslizara sin control. Las imágenes no tienen tiempo para aquietarse y fijarse en mi memoria. Esa memoria de la que siempre he estado tan orgulloso. Todo me resbala. No es que no me concentre. Es que luego de concentrarme todo se va. ¿Será por lo que leí en Freud hace muchos años? Todavía recuerdo la **"Psicopatología de la vida cotidiana"**. Estaba en la biblioteca de mi padre. Se olvida lo que nos hace sufrir. Pero ¿cómo puede hacerme sufrir el recuerdo de un libro cuya tesis comparto? No sé. Otra explicación habrá. O tal vez la misma. Justo porque ese libro toca tan de cerca la propia experiencia de mi vida es por lo que lo he olvidado. Pero ¡qué diablos! Estoy frente a una nueva experiencia y me estoy preocupando por lo que olvido. Esta manía. En los últimos tiempos no hago más que hacerme un lío con todo lo que pienso. Pensar, pensar, pensar..., recordar, recordar, recordar...

¿Será esa la razón por la que recientemente he buscado siempre pretextos para quedarme solo en ese Nueva York tan hondo? ¿Dónde estará Nina? No sé por qué su recuerdo me ha asaltado. Encenderé un cigarrillo. Ya se puede fumar. Necesito salir de este torbellino de recuerdos. ¿Fumará mi vecina? Sería un pretexto para hablarle. ¡Lo necesito tanto! Le ofrecería un cigarrillo o se lo prendería si la viera sacarlo. Pero ya otra vez pienso en ella. Y bien sé que no es porque la encuentre atractiva. No es joven. Pero ¿quién ha dicho que para ser atractiva hay que ser joven? La "stewardess" viene. Ella sí es joven y realmente muy bonita. Me sorprende la belleza de sus piernas fácilmente visibles bajo su minifalda. Y, por supuesto, que me gusta. ¿Más que mi vecina? Otra vez un lío. ¿Pararé alguna vez de pensar?...

Somos casi trescientos en este avión. Algunos pocos asientos van vacíos. ¿Les estará pasando lo mismo que a mí a todos los pasajeros? ¿Irán también ellos envueltos en el torbellino de sus pensamientos? Siempre me ha preocupado esto. Nunca paro de pensar. Parezco un tíovivo. Y por fuera tan sereno, tan normal. Nina vuelve a mi recuerdo. Fue mi primera novia y casi mi primera mujer, porque aquella experiencia con aquella prostituta, tan dulce, sin embargo, en cierta forma, no dejó en mí la impresión de ser una mujer sino ¿una máquina, una maestra? No sé. ¿Qué edad tendría? ¿Cuarenta, cincuenta? ¿Cómo mi vecina? Otra vez ella. Por supuesto, me gusta más la azafata. Pero puesto a elegir creo que me quedaría con esa mujer toda de beige cuyo nombre aun ignoro. Apenas una sonrisa o un ligero acento de su voz cuando me dijo "no se preocupe". Me pondré a leer. Es lo único que logra distraerme. "The New York Times" trae el discurso de Johnson anoche. Creo que será memorable este día, 31 de marzo de 1968. El Presidente ha renunciado irrevocablemente a ser candidato de nuevo. ¡Qué cosas pasan en este país! Por eso lo admiro. El hombre más mediocre al ponerse en contacto con el centro del poder en esta nación se engrandece y adquiere el perfil de una figura señera. Hasta ayer el Presidente era un hombre discutido, casi odiado. Y a no dudarlo sin gran brillantez. Aunque yo personalmente nunca haya creido en su tan comentada mediocridad. No se hace lo que él ha hecho de su vida si realmente se es mediocre. Es una cosa distinta. Eso de la mediocridad —recuerdo ahora a Ingenieros y su libro **El hombre mediocre**— es el comodín de los que se llaman intelectuales y "liberales" y que yo me conozco tan bien. Como que viví siempre entre ellos. Siendo mi padre un médico notable, con aficiones literarias, y mi madre una maestra distinguida nuestra casa fue siempre más una universidad que un hogar normal. Allí se discutía de todo y sobre todo. Libros, ideas, nuevas teorías, política, educación. Todo era tema de discusión inteligente. No sólo entre mis padres sino entre los amigos que nos visitaban. Los domingos de mi niñez serán siempre inolvidables. Allí, en la tarde, se reunían médicos como mi padre, abogados, profesores, líderes políticos, sacerdotes, personalidades del extranjero, mujeres destacadas en el campo feminista, intelectual o de la alta sociedad, así como pintores y músicos. Todos eran para mí y mis hermanos seres como cualquiera otros. Junto a un Mariano Brull podía verse a una Elena Mederos o a un Felipe Pazos, a Jorge Mañach o a Cundo Bermúdez, a Carlos Martínez o a Paco Ichaso, a Carmina Benguría o a Carlos Márquez Sterling, a Eugenio Florit o a Félix Lizaso, a Aureliano Sánchez Arango o a Teté Casuso, a Justo Carrillo o a Luis Baralt o Gastón Baquero o Roberto Agramonte. Y muchas personalidades que pasaron por La Habana en sus andanzas políticas o culturales como Luis Alberto Sánchez, Francisco Ayala, Ciro Alegría, María Zambrano, Alfonso Reyes, Rómulo Gallegos y tantos otros.

Pero el sueño me rinde. Deja ver si leo algo para propiciarlo. Ahora que me acuerdo. Aquí traigo el libro **Parentalia**, de Alfonso Reyes. Me lo mandó Rodolfo desde México poco antes de morir. ¡Pobre Dorantes! ¡Morir tan joven! El sabía cuánta admiración tenía yo por papá y por eso me lo mandó cuando él murió. Aquí está. Lo abriré por donde salga. Se ha abierto en la página 65. Me da risa el título del capítulo. "Charlas de la Siesta". ¡Qué curioso! Es como si alguien supiera la ansiedad que me consume y me indujese al sueño así. Comienzo:

> "Solía mi padre, a la siesta, tumbarse un rato a descansar sin dormir. Entonces en orden disperso, me contaba lances de su juventud militar. A veces yo mismo lo provocaba...".

Pero no puedo más. El sueño me rinde. Al cerrar el libro mi "compañera de viaje". ¡Madre del Verbo! ¡Qué escándalo! No puedo llamarla así. Ahora esa frase tan simple ha adquirido una connotación política que si a mano viene a ella no le gustaría. No, no. Pero mi vecina parece inquieta. Por primera vez la veo así, como desapacible. ¿Qué estará pensando? Seguramente en su familia. O en algo que le falló. No sé. Pero ya la veo volver a su calma habitual. Se refleja en su cara. Ya no hay por qué mirarla. Sería imprudente. ¿Qué razón tendría? De pronto recuerdo a Francisco Ayala. ¿A qué se deberá? ¡Ah, ya sé! Al pensar en la razón que motivó la inquietud de mi vecina me vino a la memoria un libro de él, **Razón del mundo**. Se lo regaló a mi padre a su paso por La Habana y mi padre se entusiasmó tanto con la tesis que se lo recomendaba a todo el mundo. Le fascinaba el análisis que se hacía de lo que es un intelectual. ¡Caramba! Sigo sin querer enfrascado en el recuerdo de aquellos domingos de mi casa. ¡Qué placer tenían todos en compartir la hospitalidad de nuestro hogar presidido por el buen gusto de mi madre y la brillantez y bondad de mi padre! Allí aprendí a admirar a los intelectuales y a soñar, incluso, con ser uno de ellos. Pero desgraciadamente he aprendido en los últimos años a conocerlos mejor después de tenerlos a distancia. Siempre pasa lo mismo. Ahora los veo a otra luz. Y cada día la mayoría me parece más falsa. Casi todos son inauténticos. ¿Será ésta la palabra? Pues aunque todos presumen de saber mucho, en muchas ocasiones sus juicios no los han pasado por el tamiz de la razón. Y se limitan, tal vez sin darse cuenta cabal, a repetir "slogans". Les asusta estar fuera de moda como a las mujeres de sociedad las sobrecoge no poder lucir el último modelo de un Balmain, un Dior o un Balenciaga. Y como la moda ahora es ser "liberal" o de izquierda todo intelectual que se tome en serio profesará estas ideas. Y apoyará los movimientos que las enarbolan sin detenerse a examinar sus consecuencias. Ya Bacon vio claramente este problema cuando habló de los "idola fori". Y también Sócrates y Platón mucho antes. Recuerdo como me intrigó cuando leí **La República** el que se excluyera a los poetas del gobierno. Hoy lo comprendo muy bien. La política no es el reino de los intelectuales. En vez de dirigir como pretenden se convierten en dirigidos al servicio del poder de turno. Por eso, del mismo modo que hoy muchos intelectuales son de izquierda, en Francia después del '93 los más profesaban ser jacobinistas, aunque muchos luego murieran bajo el sistema y otros se pasasen al bando napoleónico tan pronto el triunfo se hizo seguro. Porque es el poder lo que los atrae, como en el caso de Robespierre. Por cierto nunca logramos recuperar la biografía de él que escribió Von Hentig. Estaba en casa y papá se la prestó a una amiga poetisa que nunca la devolvió. Por aquello de que quedarse con los libros prestados no es robar. Bueno, cosas que tiene la gente. Pero ahora que voy a España lo buscaré en las librerías. Seguro que lo encuentro. Siempre he tenido interés en volverlo a leer. De lo único que me acuerdo es del dato de que Robespierre comía muchas naranjas cuando era joven. ¿Por qué nos pasará esto? Las experiencias ruedan en nuestra memoria ligadas a cosas baladíes: un dato poco significativo como ese de las naranjas, un aroma —como el del café recién tostado que invadía la escuela en que pasé mi niñez a las once de la mañana— o el vestido gris de mamá aquellas Navidades ya tan lejanas en que fuimos a casa de Padrino en la Víbora, en la loma del Mazo. Pero ya vuelvo a lo que estaba pensando. Que los intelectuales que son siempre los que desatan las revoluciones luego se quedan a la zaga o son devorados por ellas. Y tiene que ser. Es que se ahogan en sus propias verdades que se les convierten en dogmas. Y pierden así la oportunidad de volver a pensar los problemas desde su raíz, sin juicios preconcebidos, que es su verdadera misión. Y los caudillos de turno —no importa el nombre— los usan a su antojo y a cambio del renombre que obtienen a su vera, los intelectuales les entregan el alma sin reparar cabalmente en ello. Y un día les ocurre lo que al aprendiz de brujo. Las fuerzas desatadas escapan a su control y los ahogan.

Pero mi vecina ha vuelto en sí con un rápido cambio de posición. Parece haber regresado de un largo viaje por el continente de sus recuerdos que deben ser muchos. A ella, y de paso a mí, nos ha sacado de nuestras cavilaciones una animada conversación de la pareja que va atrás. Aun no los he visto, lo intentaré después. Ahora prefiero escucharlos. Y tratar de imaginármelos. Ella habla con frases lapidarias y seguras. Parece haber agarrado a Dios por las barbas por la seguridad con que sentencia a todos y sobre todo. El la escucha claramente irritado pero sin atreverse a desmentirla. Si no fuese por la voz cuando le dice "Emilia, Emilia"... uno pensaría que es un viejo frente a una mujer joven. Sin duda no es así. Ambos deben tener la misma edad o casi la misma. Tienen, evidentemente, un mundo en común de muchos años. Y están casados, por supuesto. Hablan de cosas pasadas, de los hijos y del viaje que ahora inician. Parece por lo que dicen que ya han estado antes en España. Pero es sólo una convicción difusa la que tengo. No puedo fijar las frases que dicen. La amiga que llevo al lado me impide concentrarme en otra cosa que no sean mis recuerdos. Es como si fuera parte de ellos. Y hoy es la primera vez que la veo. ¿Cómo será que eso nos pasa con algunas personas? En el encuentro inicial ya nos parecen conocidas. Tal vez por ello pudo Platón decir que todo conocimiento era sólo reconocimiento. **El banquete, El teetetes**, ¡qué lejos ya y qué presentes, sin embargo, en mi memoria! Siempre recordaré a mi excelente profesor de Filosofía en Boston, cuando, con muchos esfuerzos y la cooperación de mi madre y de mi entonces esposa, fui allí a terminar mis estudios. Aquel profesor me recordaba mucho a mi padre. Tal vez por eso le estudié tanto...

Pero aquí viene la "stewardess" con su carrito ofreciendo bebidas. Se siente la duda en cada pasajero frente al extenso repertorio de posibilidades. ¿Beberé?... ¿No beberé? Al fin me decido por un Scotch con soda. La pequeña botella de "White Label" está ante mí. Recuerdo a Geoffrey, mi compañero en la universidad. Le gusta coleccionar estas botellas. Seguramente tiene ésta también. ¡Ha viajado tanto por su trabajo! Mi vecina ¿cuándo cesaré de llamarla así?, debe tener un nombre de flor pues no sé por qué está en sí como una flor y muy orgullosa. No puede, por eso, llamarse Violeta o Margarita. Tal vez Hortensia. Pero ahora que me acuerdo, la hortensia no es una flor. No, no, tal vez se llame Rosa. ¡Dios sabe! Pero ¡condenada! La azafata que tanto me gusta —como si estuviese en una vitrina— no logra distraerme de ella y aun no sé de qué color tiene los ojos ni si son bellos. Sólo he visto su perfil nada hermoso pero aun interesante, mejor, atractivo. Su voz me vuelve al avión, a los trajines del viaje. Muy suavemente pide: "Champagne, please". ¡Atrevida! Champán a estas alturas. Debe ser francesa pues siempre he oído decir que es una bebida traicionera que se sube a la cabeza. Ahora lamento no haber pedido champán yo también. Me habría dado base para entablar una conversación. Pero ¡qué se va a hacer! Me conformaré con mi Scotch.

La pareja de atrás sigue su charla. La voz de ella es hiriente. Me molesta, pero tengo que oírla. Y es hiriente no por el tono sino por la intención, lo que es peor. Sus expresiones están cargadas de desprecio, de secreto resentimiento. Y no exactamente por las palabras. Aunque a veces son significativas. De cuando en cuando capto una frase completa. "Dios le da barbas al que no tiene quijada." "Es la gran dama." El marido atenúa siempre el tono y la intención. No, Emilia, yo creo que tiene razón... ¡Bah, no seas imbécil, es que ella es un freno! Después de unas frases que no logro percibir la oigo: "Estos nuevos ricos son de madre" ¿Te imaginas lo que nos han hecho? Y ella se llama mi amiga. Te digo... Quieren que los hijos sean siempre como ellos. Tú tienes que entender a Juan. Es muy sensible. Y le angustia tu exigencia. ¿Qué va a hacer si nació artista? Es como yo, no como tú... Sí, sí, pero tú trabajas casi que para él y todavía no hace más que exigir... También lo hago para nosotros. Pues bien sabes que si no fuese por mí este viaje no se daría. Porque tú siempre tienes miedo... Miedo, sí, miedo. Tú a la responsabilidad le llamas miedo... ¡Oh, no me fastidies! Mientras existan las tarjetas de crédito, ¿de qué te preocupas? Con un plumazo estás del otro lado. Ya me dirás cuando estés tirado en la arena patiarriba en pleno sol y no trabajando como un perro en ese cochino Nueva York. Entonces comprenderás como si no te empujo no vas a ninguna parte...

El tránsito de las azafatas con las bandejas me distrae de mi espionaje auditivo. Mi vecina ha estado leyendo un libro. Con mucha dificultad alcanzo a leer el título. Es **The Group**, de Mary McCarthy. Yo lo leí cuando se publicó y recientemente vi la película. Por cierto que me gustó mucho. Lee el libro en inglés. Pero ella no es americana. Lo supe por el acento cuando pidió el champán. Tiene todo el aspecto de una mujer culta. No hay más que verla. Si no francesa, ¿será italiana? ¿Griega? ¿Tal vez portuguesa? Aunque pudiera también ser una sudamericana muy refinada. Me traen mi bandeja. Lo de siempre. Un filete "mignon" con salsa de champiñones. Y los correspondientes aditamentos. Pero es tan tarde que tengo hambre y la comida me sabe a gloria. La como despacio mientras observo las manos de mi acompañante. Tampoco ahora estoy claro. Esas manos, ¿qué edad tienen? Son manos finas y jóvenes, de uñas cuidadas pero cortas. Y recuerdo aquella amiga que adivinaba el carácter por la forma de las manos. Intento recordar lo que decía. Me fijo en el pulgar. Le veo la yema. Es carnosa, pero no muy protuberante. ¿Le faltará voluntad a esta mujer que parece tan dueña de sí?... Si a mano viene. ¡Los seres humanos somos tan absurdos! Porque, sin duda, en esta mujer hay una poderosa voluntad que ha aprendido a ser suave. Creo adivinarlo. Sus manos son finas, elegantes pero fuertes al mismo tiempo... Intento dormir. Veo con envidia a los que apenas terminada la comida se han dormido profundamente. Me levanto y pido permiso para pasar. Mi vecina me responde con un gesto de consentimiento y la misma plácida sonrisa que ya vi antes. Y por primera vez puedo ver sus ojos. No sé aún si son bellos. Lo que veo es que tienen un brillo singular y que sonríen llenos de vida. Estiro un poco las piernas por el avión. Y decido ir al baño. Todavía quedan como tres horas y media de viaje y aún no he podido concentrarme en la lectura, ni dormir. Al volver a mi asiento vi a la pareja de atrás. Ella es muy bonita. Debe ser norteamericana aunque él no lo parece. Ella habla un inglés perfecto. Me di cuenta cuando se dirigió a la azafata. Es rubia con ojos grandes y azules como dos cuentas. ¿Qué edad tendrá? Parece muy joven. Pero por la conversación que les oí ya tienen un hijo grande. No me parece que el nombre le vaya. El es un hombre joven también de cabello muy negro y abundante, pero carece de "charm". Es descolorido aunque muy bien educado. Puede verse a la legua. Debe ser un "junior executive" o un abogado sin mucho éxito. No sé. Mi compañera parece estar dormida, pero yo sé que no. Sigue inmersa en sus recuerdos y evita el tener que conversar. Yo me siento estúpido. Siempre me ha pasado. Tan fácil como me es conversar, tan abierto como soy y tan difícil como me es acercarme a una mujer que no conozco. La culpa —como siempre— se la echo a mi padre. Tan formal, tan mundano y, al mismo tiempo, tan respetuoso. Pero lo cierto es que él sabía como llegar a las mujeres. De hecho era el tipo de quien todas se enamoraban apasionadamente. ¡Las que debe haber pasado mi madre! Todos dicen que me le parezco mucho. Pero esto de los parecidos es cosa muy elástica. Cuando me veo en el espejo muchas veces me sorprende mi parecido con él, pero sólo en la apariencia. Pues en lo que más me gustaría recordarlo estoy muy lejos de hacerlo. ¿Por qué no puedo ser para las mujeres lo que él era? ¿Será sólo su culpa? ¿No será que mi madre que tanto me ha mimado —yo he sido siempre su preferido— me habituó siempre a ser el centro de atención sin que tuviera yo que hacer ningún esfuerzo, sino por el mero hecho de estar ahí? Y las mujeres en nuestra cultura están habituadas a ser atendidas, no a atender... Y yo me impaciento. Por eso fracasé con mi mujer. Ella no pudo tolerar mis desplantes. O no quiso. Hoy lo veo claro. Era demasiado mujer para aceptar mi continua crítica, mi falta de gentileza, mi secreto resentimiento frente a su asombrosa vitalidad y seguridad...

Pero el viaje sigue su rumbo. El cielo que tan encapotado estaba al salir de Nueva York está ahora limpio y como un lejano resplandor parece iluminarlo. Por supuesto, aunque son las doce y media de la noche por la hora de Manhattan en mi reloj, bien sé que son ya las cinco y media de la mañana en Lisboa. Lo que significa que pronto saldrá el sol. La noche se ha acortado y veremos amanecer a las dos de la mañana según Nueva York que serán las siete en Portugal. Cuando recuerdo lo difícil que fue para mí entender los husos horarios cuando me los explicaron en el Instituto y lo mucho que los he tenido que sufrir en los viajes me sorprendo. No me olvido de aquella amiga que nos contaba hace bastantes años como viajando hacia Europa en un DC 6 estuvo desayunando todo el tiempo. Entonces pensé que exageraba. Ahora sé que se limitaba a narrar una experiencia que, como tantas veces en la vida, rebasaba los límites de la comprensión personal de los demás. Sólo lo realmente vivido es comprensible. Por eso nadie escarmienta por cabeza ajena. Que lo digan los cubanos cuando hacen una observación cautelosa sobre lo que hoy pasa en los Estados Unidos. Cuando menos son tenidos por tontos. O por paranoicos que ven enemigos y conspiraciones en todas partes... Pero el movimiento en el interior del avión me indica que se aproxima la llegada... De lejos diviso la costa de Portugal entre las brumas del amanecer. Los azules y los grises con el oro del sol que asoma y algunos tintes rosa y malva coloran el cielo. En el mar cabrillea la luz que nace. En derredor las mujeres se acicalan. Mi vecina lo hizo antes y ahora reposa con los ojos semicerrados. Va casi plácida si no fuera por el leve gesto de tensión que ya le vi al salir de Nueva York. No puedo apartarme de la idea de que vuelve a rezar en silencio. Las luces indicadoras de "No fumar" y "Ajustarse el cinturón" han vuelto a aparecer. Lisboa está a nuestros pies. Claramente diviso la desembocadura del Tajo. Me atrevo a preguntarle a mi vecina, ¿se queda usted en Lisboa? Se sonríe y responde con la misma cortesía de siempre: Apenas veinte y cuatro horas. Luego seguiré viaje a Madrid donde vivo... ¿Ya conoce a Lisboa? No, aunque estoy tan cerca, por una razón u otra siempre he pospuesto esta visita. Ahora tampoco debía, quizá, pero al fin me he decidido a no dejar pasar esta oportunidad.

Yo casi no sé qué contestar. Debía preguntarle lo que hará, dónde estará, si la espera alguien. Pero las palabras se me atragantan y sólo puedo murmurar: Yo también me quedo en Lisboa. Mientras, el avión está tocando tierra. El ruido de los motores ensordece y el calor se ha hecho sofocante. Yo ya estoy desesperado por salir y creo que a mi compañera le pasa lo mismo aunque lo disimula con la misma elegancia de siempre. Su bufanda color naranja que ha anudado graciosamente al cuello reaviva su traje beige y le da una apariencia juvenil que la hace deseable, no sólo atractiva. Y por primera vez veo que ella se da cuenta. La satisfacción de su mirada es bien clara. La ayudo a tomar sus pertenencias y con la inevitable cámara fotográfica la veo bajar delante de mí. La pista está ligeramente húmeda. Parece que ha llovido durante la noche aunque no muy fuerte. Ella anda con paso rápido y gracioso y yo la sigo intentando hacerme idea del secreto de su vida. Pues, sin duda, hay mucho escondido detrás de esta mujer.

Como en todo aeropuerto, la cola para presentar los pasaportes se prolonga. Nosotros debemos esperar largo rato. Yo la ayudo con un pequeño paquete que trae. Ella me lo agradece con los ojos y unas "gracias" escuetas, pero cargadas de sinceridad. Recogemos nuestro equipaje y la invito a tomar el mismo taxi hacia Lisboa. Sorpresivamente acepta sin reticencias. Sin duda, debe estar acostumbrada a viajar sola y a ser atendida. ¿Será divorciada o viuda? Porque obviamente no es soltera. No podría serlo...

oOo

En el taxi me entero algo de su vida. Ella misma, sin yo preguntarle, me da algunos datos. Está casada en Madrid con un médico de fama. Tiene tres hijos, uno casado ya, que vive en América. Precisamente viene de visitarlo. Me enseña el retrato de sus nietos. Pero por ninguna parte aparece el esposo... ¿Será un viejo? Ella parece haber adivinado mi pensamiento porque me dice de modo casi casual que él es joven y muy inteligente, que luce muy bien, que es un buen marido y que ella es muy feliz en su matrimonio. Es tan gratuita su declaración que me doy cuenta de que es una coraza protectora que se ha habituado a usar para no poner a prueba su fortaleza frente a la curiosidad, deseo o interés de otros hombres. Me sonrío ante sus declaraciones y le digo discretamente: "No es usted menos atractiva y nunca debía enseñar el retrato de sus nietos, aunque me parece una coquetería de su parte porque no tiene cara de abuela". Ella se sonríe satisfecha y riposta: Es

21

que no soy una abuela en el sentido en que la gente lo toma... Iba a seguir, pero se detuvo. Probablemente la asaltó el temor de ser provocativa. Sin duda, ¡qué femenina es esta mujer! En mi interior decido ver si puedo vencer sus reticencias pero me doy cuenta de que he de actuar con sumo cuidado para no asustarla. Ya estamos llegando a Lisboa. Me pide que la deje en el Excelsior donde su marido le tiene separada una habitación. Allí la dejo y le prohibo intentar pagar el taxi. Después de agradecérmelo, casi corriendo, se despide sin tiempo para darle mi tarjeta y sin que yo, estúpidamente, me haya enterado de su nombre.

Cuando sigo en el taxi hacia mi hotel recuerdo a mi padre nuevamente. ¡Qué diferencia entre él y yo! Jamás le habría pasado esto. ¡Cómo la iba a localizar si ni siquiera sabía su nombre! No tendría más remedio que hacer posta en la esquina del hotel y fingir luego un encuentro casual si es que quería volverla a ver. ¿Y si ella decidía acostarse a dormir para reponer las energías perdidas? En fin, ya el error estaba hecho. Tan serenamente como pude me tracé un plan. Estaría en mi hotel escasamente una hora. El tiempo necesario para darme una ducha, vestirme y tomar algo caliente. Luego a esperar por mi incógnita vecina de avión. Antes de la hora estaba ya en la esquina de su hotel en la amplia y soleada avenida. Por momentos mi paciencia se agotaba. Por más de otra hora estuve allí sin lograr el menor indicio. Ya desesperado me dirigí al "lobby" del hotel. Tampoco estaba allí. ¿Estaría en el restorán? ¿En el bar? Pues eran ya las doce y era posible que estuviera acostumbrada a un aperitivo. Pero me dio miedo llegar al bar. Temía perderla en el camino. Los ascensores que bajaban y subían me parecían ya la boca del infierno o tal vez la puerta del paraíso. Cuando desesperaba, de un ascensor y en medio de otros huéspedes, la vi salir radiante. No me vio. Obviamente había hecho lo mismo que yo, sólo que con más calma. Ahora vestía de azul claro a tono con el color de aquella mañana en Lisboa. Su elegante y primaveral traje con los zapatos y el bolso blancos y su bufanda en tonos malvas y azules la hacían parecer un brazo de mar. No pude reprimir un vago sentimiento de vanidad. ¿Se habría vestido pensando en mí y en la posibilidad de encontrarme? Todo podía ser. La vi dejar la llave en la carpeta y salir con su andar airoso hacia la calle. Yo me refugié detrás de una columna. Ya fuera la sentí dudar de la dirección que tomaría y luego vi que se dirigía hacia el puerto. Afortunadamente no se le había ocurrido tomar un taxi en cuyo caso no sé que habría hecho.

 La seguí a distancia. No quería ser visto. La miré andar curiosa por la amplia avenida deteniéndose en cada escaparate para tomar conciencia de lo que veía. Con gusto me habría acercado para acompañarla. ¡Tan sola y absorta la sentí entonces! Pero tuve miedo otra vez de asustarla y decidí esperar.

 La avenida después de la plaza se estrechaba y abría a pequeñas callejuelas que se encaminaban hacia el mar. Yo seguí de lejos el paso de mi amiga. La mirada de los hombres portugueses no es muy diferente de la de los de mi Habana nativa. La seguían con admiración no contenida y yo de lejos sentía la fuerza del deseo cercándola y halagándola. Ella debía sentirse muy plena aunque nada traicionaba su andar mesurado de gran dama. Sólo que era demasiado mujer y se le derramaban la sensualidad y la fuerza de su feminidad al solo andar. En la pequeña calle por donde se adentró abundaban las joyerías y ella no cesaba de detenerse a admirar las joyas expuestas en los escaparates. También había muchos restaurantes y el olor del mar se percibía fuertemente. Mi amiga, al parecer, buscaba un sitio decente en que sentarse a comer sin llamar la atención. Al fin la vi entrar en un restaurant que por el nombre parecía italiano. Lo que me molestó, lo confieso. ¿No hubiera sido más inteligente acercarse al puerto y comer en un lugar típico la sabrosa merluza fresca o unas buenas sardinas? A poco me convencí de mi error. Ella posiblemente lo habría deseado también. Pero, ¿qué tipo de seguridad, en una ciudad extraña, le podía ofrecer un restaurant típico junto al puerto? Sin duda, evitando equívocos posibles, se había decidido por algo más formal. Pero ¿debía yo seguirla? ¿No sería ello una denuncia abierta de mis planes? Cuando dudaba, de pronto se me apareció la solución. A través de una ventana vi que al fondo del restaurant había un patio con mesas al que había acceso por la calle de atrás. Aparentaría haber estado en las mesas del patio e irrumpiría en el comedor por la puerta trasera dando a mi aparición un aire de casualidad. Así lo hice y no menuda fue su sorpresa al verme. Yo me adelanté a decirle, esta vez imitando hasta el tono de mi padre, que parecía que estábamos predestinados a encontrarnos. Ella se limitó a sonreír y no sé por qué me pareció que había adivinado mi estratagema aunque trató de ocultarlo. De todos modos estaba halagada. Le pedí permiso para sentarme en su mesa a lo que accedió, para mi sorpresa, con absoluta naturalidad. Después del aperitivo, un Manhattan para ella y un Martini para mí, ordenamos la comida y conversamos como dos viejos amigos. A decir verdad hablé poco de mí mismo. Me fascinaba oírla y ver la transparencia de su alma por otro lado tan compleja. Me habló de su niñez, de sus padres, de sus estudios y, muy de pasada, de su matrimonio. Yo sabía que nada de lo que me dijo era falso, pero sabía también que su radical verdad estaba sin decir. No era una mujer triste. Bien al contrario. Parecía muy alegre. Pero una gran melancolía velaba aquella espontaneidad y aquella alegría. Yo no podía dejar de pensar en que aquella mujer tan segura, tan aparentemente plácida, tenía una gran pena. Tal vez una tragedia llevada con severa dignidad. Y puesto a adivinar estaba seguro de que todo giraba alrededor de su marido. Sin saber por qué me convencí de que nunca la había sabido tratar. Tal vez nunca la había amado.

Después de comer nos dirigimos al puerto casi sin intercambiar palabra. Eran las dos y media de la tarde. En la gran plaza que mira al mar, justo en la desembocadura del Tajo, nos sentamos en un muro de aquel malecón. Uno frente al otro. Los dos mirábamos al ancho río y aspirábamos con fruición la brisa marina. A mí me recordaba mi Habana querida. A ella ¿qué...? No sé. Estaba totalmente abstraída. Yo la contemplaba y trataba de adivinar su secreto. De pronto exclamó: Esto es algo que no puedo resistir de Madrid, la ausencia del mar. Debo necesitarlo mucho. Me hace revivir. Y respiraba hondamente.

Pero todavía mantenía en el misterio el lugar de su nacimiento. Y yo poco podía intuirlo por su acento pues hablaba un español que pudiera llamarse internacional. Ningún acento específico. Tal vez por el vocabulario algún lingüista bien experto hubiera podido decirlo, pero yo no lo era. Y ella desde el principio pareció no querer ser explícita acerca del problema, lo cual, después de todo, era tonto. Pues si tanto me había hablado de su familia ¿por qué ese secreto sobre su país de origen? Indudablemente era una mujer extraña. Y esto aumentaba su encanto. De pronto le dije ¿qué le parece si nos vamos a Estoril? Es cerca. Averigüé que podemos ir en taxi y visitar el Casino y todavía estar de regreso antes de la noche. Y dicen que el viaje es muy pintoresco.

Ella pareció dudar. Luego me dijo: Iré con dos condiciones: la primera, compartir los gastos del taxi y lo que se presente. La segunda, estar de vuelta en mi hotel a las nueve de la noche en que espero una llamada de mi marido. Me sorprendió su ingenuidad al pedirme compartir los gastos del taxi en una mujer tan de mundo como parecía. Y fácilmente pude refutarla al anunciarle que dada mi educación me ponía en una situación muy difícil además de que de cualquier modo el costo sería el mismo yendo yo solo, ya que lo haría de todas maneras, y que sería insensato que ella lo hiciese por su cuenta. El argumento pareció convencerla. En cuanto a la segunda condición yo no tenía reparo que hacer. Ya vería yo como resolvía el problema en el decursar del viaje. Porque mi secreta intención era quedarme con ella en Estoril. Muy contentos ambos —ella parecía una chiquilla— contratamos un taxi para que nos llevara hasta allí. El taxista insistía en un precio total por toda la tarde y parte de la noche hasta regresar, pero yo me mantuve firme en que sólo lo contrataría para ir. Me gustaba dejar la puerta abierta para la posible eventualidad.

Emprendimos el viaje a la luz de un sol esplendente, cosa rara en primavera en esa parte de Europa, y bajo un cielo purísimo, sin una nube. La carretera me recordaba la de la Costa

Azul que había visitado en mi viaje de bodas unos doce años antes cuando podía disponer de una gruesa suma en el banco, aunque me casé siendo casi un niño. Casas blancas de recreo se asomaban a la costa rodeadas de jardines que comenzaban a llenarse de flores. Recordé aquella canción de los Chavales que se llama Lisboa Antigua y que tanto me gustaba. Así se lo dije. Ella pareció recordar también y sonrió con cierta melancolía. Luego dijo: Luisito Tamayo. ¡Cuántas cosas han pasado desde entonces! Tomé pie para preguntarle: Ahora que me hace ese comentario ¿todavía no me puede decir dónde nació? Se rió ampliamente y sus dientes blancos y fuertes brillaron una vez más. Sin duda su boca era preciosa. Y con un tono entre pícaro y divertido me dijo: ¿Será posible que no lo haya adivinado? Yo me ruboricé casi y muy tímidamente respondí: Es que usted me desconcierta, ¡tiene tanto mundo! Además...

No me dejó terminar porque en seguida ripostó: Sí. Es desleal de mi parte, al cabo casi puedo ser su madre, o sin el casi. Me molestó el tono. Fue como si de pronto una inmensa distancia se hubiera abierto entre los dos, esa distancia que tan cuidadosamente yo había intentado salvar. Inmediatamente me repuse y le dije: Las afinidades no se miden por los años sino por el modo en que se ha vivido. Y en seguida me salió lo que yo creo haber sido el piropo que más la halagó en su vida, precisamente porque no lo era. Fue un comentario espontáneo cuando le afirmé: Usted nunca será una madre para ningún hombre ni una abuela. Convénzase. Usted será siempre joven porque antes que madre es usted mujer, toda una mujer. ¿Recuerda a Unamuno? Y conste que no lo digo por halagarla. Es que es usted la mujer más femenina que yo he conocido. Me miró hondamente y por primera vez la vi muy seria y reflexiva. Y al preguntarme ¿cuántos años tiene usted realmente? fue mi turno. Flirteando le dije ¿qué piensa? Sonriendo contestó: Hace años un amigo a quien estimé mucho me dijo que cada persona tiene tres edades: la que realmente tiene, la que representa y la que dice. Casi nunca coinciden. Si le aplico a usted la regla diría que por su apariencia no rebasa los veintiocho años, por lo que me ha dicho debe tener como treinta, pero por como se conduce pudiera soprepasar en sabiduría a muchos hombres que conozco y que incluso están más allá de los cincuenta. No lo dijo, pero supuse entonces que pensaba en su marido. Sin duda ese hombre, al que no conocía, dejaba un hueco permanente en su vida que nunca había sabido llenar. Y recordé una frase, creo que de Amado Nervo, que decía: Siempre que haya un hueco en tu vida, llénalo de amor. Y adiviné así lo que yo creía ser el misterio de esta mujer, el origen de su secreta melancolía. Su hueco estaba vacío. Y no podía llenarlo. Para hacerlo tendría que romper muchas convenciones. ¿Las habría roto alguna vez? Ella había permanecido silenciosa tratando, posiblemente, de adivinar el curso de mis pensamientos. Luego me dijo con aquel aire superficial y juvenil de que se recubría cuando quería escapar a su verdad: ¿En qué pensaba? ¿En un amor lejano? Es natural. ¡El paisaje es tan hermoso! Mire aquellas flores y cuantos colores tiene el mar. Me recuerda a Varadero. ¿No le pasa a usted lo mismo? Sólo por esta referencia de segunda mano pude saber que, como yo, era cubana. ¿Habanera tal vez? Ya lo sabría. Probablemente. Pero no aventuré pregunta alguna. Un miedo perpetuo a asustarla antes de tiempo me prevenía de hacerlo. La invité a tomar una copa de vino junto al mar en uno de los cafés por donde pasábamos. El chófer nos internó por un camino que conducía a un restaurant con terrazas voladas sobre el mar azul. Allí saboreamos unos deliciosos bocadillos con sendos vasos de vino rosado y espumoso. Ella estaba muy tranquila y parecía casi feliz. Tuve el deseo de besarla. Pero ¿cómo? Ella no parecía notarlo. Hablaba animadamente de teatro, de ballet, de música, de pintura, de sus lecturas, de Nueva York. Parecía inagotable el repertorio de su conversación. Ultimamente había leído tres novelas que le habían gustado y hecho pensar mucho. Tres novelas escritas por hispanoamericanos: PEDRO PARAMO, CIEN AÑOS DE SOLEDAD, y RAYUELA. Para ella la más poética era **Pedro Páramo**, la más ambiciosa intelectualmente **Rayuela** y la más novela **Cien Años de Soledad.** Claro que después de todo era la más accesible al gran público. Y sin gran público no hay novela que quede. Y estaba ansiosa por llegar a España para ver si ya tenían en las librerías la novela del cubano Lezama Lima que todos los que la habían leído reputaban como muy buena y compleja. Me dijo su nombre. Era PARADISO.

Me di cuenta por su conversación de que pocos hombres podrían seguir a esta amiga. Tenía toda la frivolidad de una mujer de sociedad, toda la plenitud de una mujer habituada a gustar y toda la madurez de alguien que ha aprendido a controlarse. Pues su inteligencia era brillante, pero además la había cultivado. De nuevo pensé en mi padre. Sólo él hubiera sido digno compañero de esta mujer cuyo nombre aún no sabía aunque parezca extraño. También comprendí entonces por qué había tal melancolía en el fondo de esa alma que tan elegantemente se encubría. Una radical soledad la acompañaba. Ya sé que el hombre está destinado a estar solo. Ese es el tema de la filosofía existencialista y el origen de la angustia existencial. Albert Camus me lo ha hecho sentir como nadie. Pero como en toda experiencia humana hay grados. Y en esta mujer había tal íntima soledad, tal profundidad en su aislamiento, que justamente su cordialidad nacía de ese esfuerzo perenne por salvar las distancias que la separaban de todos. Ahí estaba buena parte de su encanto pero también de su tragedia. Yo estaba seguro oyéndola y mirándola aquel día de que había peregrinado por el mundo en busca de su alma gemela sin nunca haberla encontrado. O tal vez sí, pero sólo fugazmente. Quizás sólo una ilusión de compañía. O una gran renunciación. ¡Quién podría saberlo! Acaso ni ella misma. Pero había que tomar ventaja de las horas que quedaban, así es que tomamos el taxi nuevamente y nos encaminamos hacia Estoril.

En el trayecto el chófer que sabía bastante español se empeñaba en mostrarnos las residencias de personajes que allí habían fijado su residencia. Como todos los mediterráneos —lo había comprobado con griegos, italianos del sur, marselleses, andaluces, no decir con los cubanos y ahora con este portugués— era expansivo y necesitaba hablar so pena de ahogarse. Me recordaba aquel dicho habanero "si no habla revienta", que con otras variantes se oye en todo pueblo que se abre al mar. Así nos señaló la casa en que vivió el rey Carol, aún habitada por Magda Lupescu, después de su exilio de Rumanía; y la que vivía Don Juan de Borbón con su mujer Mercedes, exiliados voluntarios al parecer de la España republicana primero y franquista después. Por cierto que mi amiga y yo comentamos como Franco muy cazurramente —como buen gallego— se había hecho cargo de la educación del hijo de esta pareja —Don Juan Carlos— con objeto de prepararlo para el gobierno y para sucederlo. Yo que siempre he estado interesado por la historia y la política, como mi padre, no pude evitar un comentario acerca del porvenir de España al morir el Caudillo. Ella pareció pesar cuidadosamente mis palabras y sin aventurar todavía una opinión me preguntó: ¿Ha vivido alguna vez en España? ¿Conoce bien a los españoles? Tuve que responderle la verdad. Mi contacto directo con la Madre Patria y su gente era muy precario. En mi luna de miel, cuando apenas tenía dieciocho años, mi estancia en España se limitó a visitar Barcelona, Sevilla, Málaga, Estepona y Madrid. Y todo por pocos días y siempre en contacto con la clase media alta y con la sociedad que en todas partes es lo mismo. Y así no se conoce ningún pueblo. Mi verdadero conocimiento de España venía de su literatura que había leído desde muy joven orientado por mi padre. Aún recuerdo el **Lazarillo** y el **Quijote**, así como la **Celestina** y el **Libro de Buen Amor** —y tantos otros que había en nuestra biblioteca— y que leí desde que apenas tenía doce años. Al responderle esto me miró y me dijo: Tiene buenas raíces para entender a los españoles. Al cabo son los mismos que ve usted pulular por las páginas de esas obras. Pero espere a conocerlos más y entonces le sorprenderá lo poco que han cambiado. Debe ser el alma de la raza. Yo a veces me inquieto al pensarlo, pues me hace ver el porvenir de nuestra Madre Patria —como siempre la hemos llamado— con justificada aprehensión. Hay en España, como en una tragedia, una incapacidad total para escapar a su destino. Y su destino parece ser el estar dividida y jamás integrada. Como pasa en el **Quijote** con el alma de Sancho y la del Caballero Andante que siendo los dos polos de la humana naturaleza, no lograron integrarse en un alma común.

Ahora fue mía la sorpresa. ¿Sería una profesora? ¿Una escritora tal vez? No tuve tiempo para responderme la pregunta. Entramos bordeando un hermoso parque y nos dirigimos hacia el Casino de Estoril. Es famoso en Europa. Tal vez el de Montecarlo tiene más fama. Recuerdo cuando lo visité en mi luna de miel. Pero éste es más "up to date".

Después de pagar y despedirnos del chófer entramos. Tuvimos que mostrar nuestros pasaportes. Antes de nosotros habían entrado dos mujeres que al igual que en nuestro caso parecía que iban a curiosear. Una era rubia, de buena figura y ojos claros, pero no bella. La otra tampoco lo era. De pelo más bien negro y sonrisa abierta y placentera hablaba con mucha animación y cierta alegría resplandecía en su rostro algo aguileño. Después de pagar la entrada nos dirigimos a la sala de juego. Sorpresivamente estaba casi vacía. Verdad que eran sólo las seis. Había únicamente dos clientes jugando. Una anciana que debía tener por lo menos setenta años y vestida de azul marino con su sombrero blanco lleno de flores, y un hombre más bien joven —de unos cuarenta y cinco años— que se movía de mesa en mesa con gran aplomo. Mi amiga y yo deambulamos un poco por el casino y después de inspeccionar el bar donde no quisimos tomar nada volvimos a la sala de juego. Junto a una de las mesas estaban simplemente observando las dos mujeres que habíamos visto al entrar. Por lo visto eran turistas como nosotros y amigas de antiguo. Pero lo que más nos llamó la atención al punto de no poder apartar los ojos de él fue aquel hombre que con gran pausa y concentración se movía de mesa en mesa. Pronto nos dimos cuenta de que jugaba en cuatro mesas distintas al mismo tiempo. Nos miramos sorprendidos, pero más aún al comprobar que sus apuestas sumaban cantidades masivas. En un momento había más de $30.000 sobre las mesas de juego apostados por él. Rara vez recuperaba algo y lo curioso era que lo veíamos comprar más y más fichas con tranquilidad absoluta. Mi amiga y yo —como si nos hubiésemos puesto de acuerdo— no hacíamos sino mirar la cara de ese hombre extraño, al parecer impasible, frente a la escena de que era protagonista. Yo no sé lo que ella pensaba. Sí sé que yo recordaba aquella novelita de Stephan Zweig titulada **Veinticuatro horas en la vida de una mujer.** Por más de una hora vimos a aquel hombre perder cantidades fabulosas sin que un músculo de su cara se alterase y sin que el más ligero temblor fuese visible en los movimientos de sus manos largas y elegantes. Ya nerviosos, abandonamos el salón y lo mismo hicieron, posiblemente por igual causa, las dos mujeres que entraron con nosotros. Sorprendidos y tal vez abrumados yo hablé por los cuatro al preguntar a un empleado: ¿Quién es ese hombre? Supimos entonces que era un famoso cirujano plástico de Londres. Venía dos veces al mes a Estoril y casi siempre sin articular palabra jugaba sin medida. Siempre venía solo. Parecía como si fuese allí a liberarse de las angustias y tensiones que acumulaba en su trabajo con las mujeres de sociedad de toda Europa que lo mimaban para lograr de sus manos milagrosas una prolongación o una nueva ilusión de juventud. Ahora era fácil comprender la fuerza y delicadeza al mismo tiempo de aquellas manos largas y finas que movían las fichas con tanta elegancia. Y lo extraño era que no era inglés. Si bien era un cirujano famoso en Londres y en toda Europa, tenía un tipo latino, concretamente hispanoamericano. Y lo era. Nos dijeron que era un venezolano venido a Europa muy joven durante la dictadura de Pérez Jiménez. Mi amiga desde el primer momento pareció muy impresionada con él. No le quitaba los ojos de encima y era obvio que se sentía atraída por aquella personalidad enigmática. Algo muy extraño sentí junto a ella entonces. Fue como si me hubiera quedado fuera del cuadro. No creo que lo hubiera conocido antes aunque todo era posible con aquella mujer. Sin embargo, él si no pareció reparar en su presencia. Si algo hizo fue apostar más fuerte. Nada más. Al fin, salimos del casino. El crepúsculo apenas se prolongó pues en la primavera todavía las tardes son bien cortas en esas latitudes. Las dos mujeres se esfumaron. Debían haber tomado un ómnibus hacia Lisboa. Yo sentía cierta impaciencia y hasta desabrimiento en mi amiga. Su actitud había cambiado totalmente después del espectáculo ofrecido por aquel médico. No sabía a que atribuirlo. Al cabo yo no había hecho nada. ¿Por qué le afectaba aquel hombre extraño? ¿Qué recuerdos despertaba en ella? ¿Tal vez el de su marido? No podía saberlo ni lo sabría posiblemente nunca. Lo cierto es que con urgencia casi cortante me pidió regresar a Lisboa. Me apresuré a llamar un taxi y emprendimos el regreso. Silenciosamente hicimos el viaje. Las pocas veces que intenté anudar una conversación sólo obtuve una respuesta evasiva y escueta. En un momento de mayor expansión me dijo que se sentía cansada y además que quería esperar la llamada de su marido. Tuve entonces la convicción de que si por unas horas se había dejado llevar en alas de la espontaneidad aquel hombre extraño la había llamado al orden y a la rutina diaria, posiblemente sin saberlo. Cada minuto que pasaba me intrigaba más mi amiga y la contemplaba de soslayo. No sé si ella era consciente de ello y la contemplaba porque no sólo había cambiado su actitud sino también su aspecto. De pronto había envejecido diez años. Una honda tristeza se reflejaba en su rostro que ya no sonreía y cuya mirada había perdido su primitiva animación y fulgor. La tragedia de siempre salía a flote. ¿Qué honda tristeza vedaba a esta mujer ser feliz cuando tan predispuesta a serlo parecía?...

oOo

Lisboa nos recibió con una noche fresca aligerada por la intensa brisa marina. Invité cortésmente a mi amiga a cenar después de que hablase con su marido. Casi desapacible rechazó la invitación. Luego pareció reconsiderar su actitud y a modo de explicación me dijo: Perdóneme. Estoy muy cansada. Ha sido un día muy largo y con demasiadas experiencias. Si acaso después me siento con ánimo lo podría llamar a su hotel, pero no creo que pueda. De verdad se lo digo y lo lamento pues usted tiene la galantería que es de esperar en un hombre de su clase, sin la osadía que suele acompañarlos. Y yo me he sentido cómoda con usted toda la tarde. Gracias mil por todo y espero otra vez que me perdone. Fui yo entonces quien me limité a decirle para consolarla y tal vez porque era la verdad que yo también estaba cansado, pero que por supuesto mi cansancio desaparecería si la viese dispuesta a probar un

buen restaurant. No siempre es un hombre lo
bastante afortunado como para encontrar una
mujer tan encantadora como usted, le dije. Ella
sonrió otra vez con la placidez primera y la
alegría volvió a brillar en su rostro. Me di cuenta entonces, si antes no lo había hecho, de que
esta mujer tan completa vivía abandonada emocionalmente. Y esto provocaba en mí una ternura infinita y también un deseo de protegerla
y uno más profundo de hacerla mía. Pero ¿cómo? La dejé en su hotel, le di el teléfono del
mío y el número de mi cuarto y, ahora con
cierta picardía, le dije :¿Se da cuenta de que
no sé su nombre todavía y de que tampoco sabe
usted como me llamo? Se rió con gran placer
y su rostro se iluminó de nuevo al descubrir el
hecho. Es verdad, me dijo. Parece increíble.
Cualquiera diría que nos conocemos de antiguo y aún no sabemos nuestros nombres.
¡Qué extraña es la vida! Bueno ¿qué le parece
si seguimos el juego? A mí siempre me ha gustado que me llamen Lila. No sé por qué. ¿Le
molestaría llamarme así? Le respondí intencionadamente: Si soy yo el único en llamarla así
me encanta la idea. Nada es tan tentador como
compartir un secreto con una mujer tan seductora... Cuidado, cuidado, me respondió, no
es para tanto. Además ese nombre no es original. Así me llamaba un muchacho que me quiso
muchísimo cuando apenas despuntaba a la vida. Y siempre ha estado ligado ese nombre, por
eso, a una de mis etapas más felices. Como usted es joven me ha parecido que es quien mejor
puede recordarme mi juventud. Me mordí los
labios para no responderle que de otro modo
también podía recordársela. ¡La deseaba tanto
en esos momentos! Ella pareció adivinarlo porque con gesto rápido me dijo a modo de despe-

dida: Se hace tarde para mi llamada. Si acaso puedo lo llamo al hotel, si no, nos vemos en el aeropuerto mañana. Pero espero que me dé su nombre. ¿Olvida que tampoco lo sé? Me sonreí y creo que también me ruboricé. Y no le contesté. Simplemente le repetí el teléfono del hotel y el número del cuarto y le dije que podía llamarme cuando quisiera. Y ya al separarnos musité: Que pase una buena noche. Y ella me respondió: Y usted que sueñe con los angelitos...

oOo

Me fui despacio andando hacia el hotel. Las ilusiones que me había hecho al emprender viaje al Estoril se habían venido abajo. En cambio algo muy sutil y agradable sentía dentro de mí. Tal vez todo había sido mejor así. A veces nos olvidamos de que presionamos los acontecimientos que sólo nos van a traer angustias y por no confiar más no nos abandonamos al ocurrir espontáneo que tantas veces nos proporciona los momentos más agradables de la vida. Tal vez por eso fue que Leibnitz dijo —otra vez la filosofía— que éste era el mejor de los mundos posibles. Y quizá es esa la causa por la que no nos divertimos cuando mejor lo planeamos sino cuando no contamos con ello. Esta mujer a quien había encontrado por casualidad en este día de abril había dado a mi vida, que sentía tan vacía al dejar Nueva York, una nueva dimensión. Era como si de pronto mi existencia se hubiese enriquecido súbitamente. Sabía que a partir de entonces nunca más me sentiría perdido y solo. Alguien en algún lugar del mundo estaría ahí para oír, para conversar, si no para algo más profundo. Había, sin darme cuenta descubierto una roca en la que podía anclar. ¡Ofrecía tanta seguridad esa mujer que, sin embargo, estaba tan lejos de mí en todos los sentidos! Absorto en mis pensamientos llegué al hotel. Antes de rebasar la entrada me descubrí con un hambre atroz. Y recordé que desde que tomamos un aperitivo camino de Estoril no había comido nada y eran ya casi las nueve. Me reproché mi brutalidad, mi falta de gentileza. Ahora comprendía por qué mi amiga se veía tan cansada. Debía estar, como yo, exhausta. Volé al teléfono: aun tenía la esperanza secreta de que al aceptar mis disculpas se decidiera a cenar conmigo. Su voz me respondió bastante descolorida... Venía de otra región. Acababa de hablar con su marido. Se rió de mi suposición. Ella no se había dado cuenta siquiera de que tuviese hambre. Me agradeció la reiterada invitación y aunque la sentí dudar interiormente se mantuvo firme en su empeño de retirarse a descansar. Yo le dije que comería algo ligero y que me acostaría inmediatamente. Y así lo hice. En una cafetería próxima al hotel me comí un sandwich y me tomé un café con leche. Apenas llegado al cuarto el timbre del teléfono me sobresaltó. Y oí su voz que había recuperado su timbre habitual. Me dijo: Realmente no puedo dormir. Si usted fuera tan amable que me acompañase a tomar algo se lo agradecería. Lamenté la tonta cena que había engullido y le prometí estar en el hotel inmediatamente. En aquel momento soñé con el día en que será posible ponerse alas para volar a algún sitio. En menos de cinco minutos estaba en la puerta de su hotel y ella esperando. No se había cambiado. Simplemente se había puesto un abrigo ligero de lana blanca cuyo resplandor refrescaba un tanto su cara aun cansada. Echamos a andar. Y le pregunté que quería comer. Francamente, me dijo, algo muy ligero y una taza de café con leche. ¿No le interesaría oír un poco de música y tomar unos tragos antes?... Imposible, me sentarían mal. Sabía que nada más podía hacer y la llevé a la cafetería en que ya antes yo había estado. Allí comió despaciosamente un revoltillo de huevos y un café. Hablaba poco y ninguna animación había en su cara. Obviamente estaba triste y preocupada. Yo sentía que podía aligerar su carga y que nunca lo lamentaría, pero ella parecía inabordable. Al fin me decidí por un planteamiento frontal. Era mi última oportunidad. Bien lo sabía. Y tal vez la de ella. Le dije: Lila, casi por veinticuatro horas he estado junto a usted observándola con el mayor cuidado, contemplándola y tratando de adivinar su secreto. Aun no tengo opinión, pero de una cosa estoy seguro: Usted no es feliz y hay un ansia de vivir insatisfecha en su mirar, en su andar, aunque intenta disimularlo. Mañana regresa usted a su vida de Madrid que por alguna razón la llena de angustia. Y está cansada y triste. Más triste después de hablar con su marido. ¿Por qué no me acepta la idea de pasar un rato juntos? Esto no la compromete a nada, se lo prometo. Pero me dará a mí la oportunidad de ofrecerle todo el homenaje que se merece. Si quiere no dormimos. Pasaremos la noche andando o sentados en un parque conversando. Lo que quiero es que no se sienta sola o infeliz. Una mujer como usted no tiene por qué. Y le prometo también, si esto la tranquiliza, que nada haré que pueda importunarla. Además, poco sabe usted de mí. Pero, como usted, estoy bien necesitado de alguien que pueda ayudarme a pensar. Y nadie como Lila para eso. Pues estoy en un momento crucial de mi vida y aun no estoy seguro de qué rumbo debo tomar... Esto pareció decidirla. Y sin ulterior comentario me tomó del brazo y me dijo: Volvamos al puerto ¿le importa?... Alegremente respondí: Por supuesto, que no. ¿Tomamos un taxi?... De ninguna manera. Me hará bien andar.

Bajamos hacia el parque flanqueado por la doble avenida. Ya en el camino nos cogimos de la mano y como dos chiquillos apresuramos el paso. La noche estaba fresca, casi fría, sin ser desagradable. Pero en verdad nos pesaba andar. Estábamos muy cansados. Yo sabía que ella hubiera preferido la tibieza de un cuarto y echarse a descansar pero, por razones para mí desconocidas, esa noche la aterraba la soledad. Y de igual modo le asustaba aceptar la compañía de un extraño. Sentarse en un banco del parque era, pues, la única alternativa que no la arredraría. Y así lo hicimos. Entonces me dijo: ¿Por qué no me cuenta algo de su vida? Le tomé las manos. Estaban muy frías. Las calenté entre las mías suavemente y le dije: Llegará el momento. Ahora me interesa que se sienta cómoda. Usted no lo creerá pero me preocupa su tristeza. En las horas que llevo a su lado he aprendido a sentirla como algo muy próximo a mí y daría mucho por aligerarla de sus penas. Sé que no puedo, pero al menos tal vez pueda ayudarla a sentirse más esperanzada, quizá más ilusionada. Mi padre ya lo habría logrado. Pero yo soy tan estúpido que lo único que puedo ofrecerle es esto: mi deseo ferviente de verla feliz aunque sea por unos instantes y la seguridad de que siempre sabré comprender y respetarla... Usted no es estúpido. Deje de pensar en su padre. Pocos hombres habrían logrado lo que usted ha logrado de mí hoy y eso que no puedo apartarme de la idea de que casi pudiera usted ser mi hijo. Como respuesta llevé sus manos a mis labios y se las besé con profunda ternura y gratitud. Pero también con deseo. Dos gruesas lágrimas rodaron por sus mejillas. Acerqué su cabeza a mi hombro y casi la obligué a reclinarse allí. Un llanto silencioso brotaba sin parar de sus ojos. Yo tiernamente le pasaba una mano por el cabello. Lo tenía más suave aun de lo que parecía. Al cabo de un rato la tomé por la barbilla, levanté su rostro hacia mí y sin pensarlo la besé en la boca hondamente. Ella vibró al contacto con mis labios y sentí que de pronto la mujer que había en ella se había despertado. Lentamente la abracé, con ternura primero, con pasión después, y sin mediar palabra la tomé del brazo y la llevé andando hacia mi hotel. Ella no decía una palabra. Se dejaba llevar y seguía llorando. En su cara había una resignada tristeza como la de aquellos que van a ofrecerse en sacrificio. Siempre en silencio subimos a mi cuarto. Ya allí la abracé fuertemente pasando mis manos ávidas por sus cabellos que olían deliciosamente y besándola en los ojos cerrados que no cesaban de llorar. Pero era un llanto tranquilo, sin angustias, que daba salida, sin duda, a una larga tristeza acumulada. Le ordené —ya ahora tratándola de tú—: Mírame, mírame, quiero ver tus ojos clavados en los míos. Te quiero a ti en tu hondura. Quiero tu mirada. Quiero el alma que sale por tus ojos. Me he enamorado de ella ¿te das cuenta? Y las almas no tienen edad, menos si son como la tuya... No más, me dijo. Siento que he vivido siglos. A veces me he preguntado de donde me viene esta inmensa capacidad de interiorización y esta resignada tranquilidad íntima. Debo haber sido atrás, muy atrás, alguien que ha vivido profundamente dentro de las religiones orientales. ¿Crees en la migración de las almas? Yo creo fervorosamente. No de otra manera se explicarían muchos incidentes que me han ocurrido. Por ejemplo, sabía que hoy pasaría algo raro en mi vida. Y esto desde hace mucho tiempo. Y lo grave es que aun no lo puedo creer. ¡Es tan absurdo!... Y se rió de manera extraña. Su risa parecía venir de otras latitudes. Era como si de pronto ella hubiese desaparecido y la mujer que estaba allí frente a mí fuese otra, totalmente otra. Recordé, sin querer, una película que había visto en La Habana, "La Madona de las siete lunas". No era ya aquella mujer la dama que me había acompañado. Como de una lejanía había venido otra que siendo la misma era diferente. Ya no lloraba. Y una fiera alegría reverberaba en su rostro. Su boca sensual —por primera vez se me aparecía así— se abría provocativa. Sus brazos se ligaban a mí y me producían un dulce calor. Pero era yo ahora quien estaba como paralizado. Los cambios eran tan rápidos y profundos que ajustarme a ellos me era difícil. Pero algo permanecía. Y era mi deseo que ahora era obviamente compartido. Comencé despacio. No quería apresurarme a desnudarla. Ella crecía y se rejuvenecía a mi contacto. Y mientras, volvía a ser la anterior. Mi confusión aumentaba y también mi admiración. Me retiré un instante a contemplarla. De mi padre había aprendido que nada complace tanto a una mujer como ser contemplada. Y a fuer de buen catador que ella lo merecía. Aun conservaba su cuerpo una firmeza rara, su piel parecía de seda y marfil y su busto tenía toda la plenitud que se presiente que ha de tener una mujer verdadera aun cuando la moda hoy se empeñe en aplanarlas. La abracé fuertemente. En mi abrazo, en mis besos, que ella recibía como una diosa con cierta distancia y al mismo tiempo con una absoluta entrega, había tanto de ternura como de pasión. Nunca me había ocurrido nada semejante. Lentamente, dulcemente si se quiere, la llevé al lecho y apagué la luz. Vagamente presentía en ella una tormenta interior. Debía volver a serenarla, a relajarla. Sentí las lágrimas otra vez en sus ojos. La besé tiernamente, la acaricié como pude frenando mi deseo para no asustarla. Cuando la pasión nos tomó el mundo desapareció. Todo pasó como siempre ha sido, pues todo el mundo es igual. Pues nunca he creído en las afirmaciones sobre la incompatibilidad sexual. En todo caso es psicológica. Después que el deseo surge en toda su potencia por ambos lados la conducta es la misma en cualquier ser humano. Ella no desmintió el aserto. Y se entregó con una plenitud sin reservas y con una naturalidad sorprendente. En mí hubo una experiencia que jamás olvidaré. Como todo lo que en la vida nos afecta hondamente no podría describirla. Pero sí puedo afirmar que la plenitud espiritual fue tan profunda que eliminó ese mal sabor que nos queda a los hombres después de estar con una mujer a la que no estimamos totalmente. Esa sensación como de suciedad que nos invade. Bien sé que se debe a un prejuicio ancestral, tan ancestral que en el mito de Adán y Eva ya está presente. La mujer es la causa del pecado y la sentimos así y casi la despreciamos cada vez que la poseemos. Sólo cuando el amor y el respeto intervienen podemos superar ese sentir. Con esta mujer, sorprendentemente, me sentí libre de tales malos humores y por eso la pude besar luego sin echarme a dormir. De pronto ella pareció volver en sí sobresaltada y dijo un ¡ay! entre asustada e impaciente. ¡My goodness! Debo irme. ¿Qué hora es? ¿Qué pasaría si en mi casa estuviesen localizándome y no me encontrasen? Tengo que marcharme en seguida. Eran las dos y media de la mañana. Exactamente doce horas después que habíamos decidido, a la desembocadura del Tajo, hacer el viaje a Estoril. Se vistió apresuradamente lo mismo que yo, y nos dirigimos hacia su hotel. La dejé en el "lobby" y lentamente, pensando, meditando, volví al mío. Debía dormirme en seguida después de tan largo día, pero no fue así. Demasiadas experiencias y todas muy hondas me tenían conturbado. Intenté leer. De mi maletín saqué un libro que había comprado en Nueva York. **Las armas secretas**, una colección de cuentos de Julio Cortázar. Lo abrí al azar, y como me venía pasando hacía días la página en que se abrió el libro tenía un párrafo que me dejó pensativo por largo rato. Era otra vez una referencia a como existe un tiempo marcado por el reloj y otro que se mide por la intensidad de la memoria. El párrafo se las trae. No resisto a la tentación de copiarlo. Dice:

"Apenas un minuto y medio por tu tiempo, por el tiempo de ésa —ha dicho rencorosamente Johnny—. Y también por el del "métro" y el de mi reloj, malditos sean. Entonces, ¿cómo puede ser ser que yo haya estado pensando un cuarto de hora, eh, Bruno? ¿Cómo se puede pensar un cuarto de hora en un minuto y medio? Te juro que ese día no había fumado ni un pedacito, ni una hojita —agrega como un chico que se excusa—. Y después me ha vuelto a suceder, ahora me empieza a suceder en todas partes. Pero —agrega astutamente— sólo en el metro me puedo dar cuenta porque viajar en el metro es como estar metido en un reloj. Las estaciones son los minutos, comprendes, es ese tiempo de ustedes, de ahora; pero yo sé que hay otro, y he estado pensando, pensando..."

Era demasiado... A mí también, en el espacio de unas pocas horas, no hacía aun cuarenta y ocho horas que había dejado Nueva York, la vida se me había dilatado inmensamente. Era como si hubieran pasado años. Mi experiencia con aquella mujer singular en muchos conceptos me habían dado un sentido de madurez, de plenitud, que jamás había experimentado antes. No podía, por eso, concentrarme. Dejé el libro. No podía olvidarla. Me había contentado en tal forma que no sabía que pensar y a esas horas sabía tanto de ella como al principio. Y sabía mucho al mismo tiempo. Por lo pronto que era excepcional y además sumamente grata en todos los sentidos. Había una gracia digna en todo lo que decía o hacía. Pero ¿qué sabía de su vida? Apenas una intuición: que si alguna vez había conocido la felicidad —y seguro que la había conocido— también había sabido y sabía del sufrimiento y a grandes dosis. Me descubrí queriéndola ya. ¿Cómo era posible? ¿Cómo podía ser que quisiera a alguien a quien apenas había conocido por veinticuatro horas? El tiempo otra vez jugándome una mala pasada. O buena, ¡quién sabe! Recordé a Bergson nuevamente. Su distinción entre tiempo objetivo y subjetivo. Su interpretación del tiempo humano como duración opuesto al mero transcurrir del mundo natural. Y volví a recordar el párrafo que acababa de leer de Cortázar. La memoria, ¡cuánta humanidad otorga al hombre! También Bergson volvió a mi recuerdo con su libro **Materia y memoria.** Ya aquí parece que logré dormirme, porque no recuerdo más lo que pensé aquella noche.

A la mañana el timbre del teléfono me despertó. Y me sobresalté. No poca fue mi sorpresa al escuchar. Era su voz, su espléndida voz que me decía: ¿Desayunamos? Ya es hora. El avión sale

a las once. Por supuesto, como un bólido estaré
en el hotel en seguida. Lo espero. Allí la encontré.
Con su traje beige y su bufanda color naranja.
Pero estaba entre tensa y alegre al mismo tiempo. Cambiaba como los colores del mar en el crepúsculo tropical de instante a instante. Pero intuí
que no debía hacérselo saber. Habría aumentado
su tensión. Me limité a interesarme por como había pasado la noche y a hablar del viaje a Madrid.
Ella se enseriaba por momentos. Al fin me dijo:
¿Sabe que me siento muy mal y violenta conmigo misma? Lo que he hecho carece de justificación. Había vuelto al usted. Quedé abatido. Pero gentilmente pude contestarle: No se preocupe
y tampoco se trate con tanta dureza. Sé poco de
su vida —yo también me sentía obligado a volver al usted— pero todo me hace pensar que merece usted un respiro. Después de todo yo estoy
seguro de que nadie en su mundo se da cuenta
de lo que vale. Si lo hicieran ahora no estaría
usted pasando este mal rato. Y si la consuela, le
diré algo. Para mí esta experiencia será inolvidable. Pase lo que pase, sea lo que sea en el futuro
mi vida, siempre que piense en una mujer ideal,
en una mujer como debe ser, estará usted presente en mi recuerdo. No quiero referirme a su
belleza. Después de todo mujeres bellas hay muchas en el mundo que luego los años se encargan
de desmoronar. No. A usted hay que recordarla
no por su belleza —con ser mucha para mí— sino
por su ser. ¿Nadie le ha dicho la fuerza que tiene?
Junto a usted todo es posible menos permanecer
indiferente. Me pregunto cuantos hombres se
habrán enamorado de usted y cuantos lo habrán
sentido sin decírselo. Se limitó a responderme
casi con humildad: Ustedes los hombres llaman
amor a cualquier cosa: un simple deseo, un simple interés momentáneo. En ese sentido debo ha-

ber tentado a muchos como casi todas las mujeres. En mi criterio me han amado sólo dos en forma plena. Uno cuando yo era muy joven y no podía aquilatarlo. Rompí aquellas relaciones por los celos de él completamente injustificados. Por cierto que nunca me lo ha perdonado. Fue una posibilidad que se cerró y que a él y a mí —aun sabemos uno del otro de cuando en vez— nos ha hecho mucho daño. Yo todavía no sé si lo nuestro habría funcionado en la forma debida. Tengo para mí que no. Pero él cree que por sus errores dejó huir la felicidad que una vez pasó a su vera. Y esto lo ha hecho sumamente desgraciado por muchos años. Luego un amor auténtico volvió a llegar a mí. Pero fue mucho más tarde. Yo ya estaba casada y un hombre mayor —mayor en muchos sentidos— se enamoró de mí con un amor hermoso, lleno de contenido. Pero lo dejé pasar pese al halago que para mi vanidad femenina aquel amor representaba... Nunca he sabido escapar a mis deberes y en aquel caso muchos me obligaban de modo que ni siquiera puedo decir que me sentí atraída, pues las murallas eran insalvables para mí. Nunca habría sido capaz. Por otra parte a veces creo que un amor genuino nunca debe llevarse a término. Así queda siempre como perfume en la vida y en los momentos desagradables la memoria puede revivirlo para embriagarse con un aroma de renovada frescura y encanto. No sé si al pensar así no hago sino justificar lo que muchos consideran mis errores en mi vida personal. Tal vez. Pero no le miento si le digo que estoy convencida de que mi marido me quiere y si no lo demuestra como yo quisiera es por otras razones. Por eso yo puedo decir que he sido feliz con las naturales limitaciones que esta afirmación siempre conlleva. La insistencia con que siempre hablaba de la estabilidad de su matrimonio me parecía siempre sospechosa. ¿Era delicadeza? ¿Prudencia? ¿Discreción?... Preferí callar mis preguntas. Sabía que no me concedía el derecho a hacerlas. Lo ocurrido —bien sé que lo lamentaba— había sido provocado por algo que yo creo ser una inmensa soledad interior, pero en ningún modo por un hábito de conducta. Esto me enorgullecía sin que me atreviese a formularlo. Pues cierta excelencia debía tener cuando ella había cedido. Así descubrí algo que formaba parte del extraordinario encanto de esta mujer. Era por sí, y siempre, un incentivo hacia lo mejor. ¿No llevaría este poder demasiado lejos a veces y su exigencia de perfección se convertiría en una pesada carga para los que con ella convivían? Todo podía ser. Estaba como abstraído con estos pensamientos cuando ella me volvió en mí al decirme: ¿Desayunamos? De prisa ordenamos lo que queríamos y engullimos mejor que tomamos nuestro desayuno. Yo había traído mi equipaje y el de ella ya estaba en el "lobby", de modo que en seguida nos dirigimos en un taxi al aeropuerto. En el camino le dije entre bromas y veras. ¿Que le parece si escribiese un cuento que se titulase **Veinticuatro horas en el paraíso?** Se sonrió y reflexiva dijo: Para todos hay veinticuatro horas en las que hemos vivido tan intensamente como si toda la vida se agotase en ellas. Siempre me he preguntado la diferencia que habría en esas experiencias en diversas vidas de hombres o mujeres —para el caso es lo mismo— si las contasen. No hay una literatura sobre el asunto y me sorprende que no se haya explorado. **Veinticuatro horas en la vida de una mujer** nos deja ver la psicología de un jugador. Y qué del amor, de la lujuria, del crimen, del heroísmo, del drogadicto, de la prostituta, del borracho, de la maternidad. En fin de tantos aspectos como encierra la experiencia humana. Hay verdaderos tesoros aun inexplorados. Por eso cuando veo como la literatura hoy pretende divorciarse de la vida real me sonrío. Nada puede inventarse. Sin experiencia vivida no hay literatura como no la hay sin comunicación. En la medida en que el lenguaje se enrarece y abandona sus cauces comunicativos nos ahoga. Llegará el día, no lo dudo, en que so pena de olvidarnos de que somos humanos volvamos a la Cordura. Y digo Cordura con mayúscula. Porque últimamente los hombres aborrecen la lógica, la claridad, la inteligibilidad y la reputan como abominable y mediocre. Hay hasta un teatro del absurdo. Pirandello está para mí entre sus iniciadores, y hoy la figura de Becket es ya famosa. Todo no es más que una guerra contra el "establishment" y un modo de reaccionar contra los excesos del racionalismo. Bien lo sé. Pero permanecer con los límites confusos entre emoción, discurso y lenguaje es la característica del pensamiento infantil. ¿Ha leído las experiencias de Piaget o de Karl Bühler? Y ¿es posible, pregunto, no crecer, permanecer infantiles por siempre? ¿No será todo superchería intelectual? Por supuesto, que no ignoro las fuentes de tal actitud. El cientificismo del siglo XIX, el positivismo excesivo —última fase del racionalismo— había provocado un mundo homogéneo en que todo era posible contabilizarlo, medirlo y hasta predecirlo. Y en un mundo así la libertad está muerta. Y sin la apertura que ella representa para la creación continua y para el enriquecimiento del espíritu la vida pierde su último significado. Y como siempre ocurre los poetas en el más alto sentido de la palabra, los creadores —no olvide que poesía en griego sólo significaba creación— vinieron a rescatar la libertad perdida y con ello la apertura del espíritu para el enriquecimiento del hombre. El llamado Arte Nuevo o de Vanguardia no tuvo otro origen. En España resucitó Góngora y con él fueron legión los nuevos: Juan Ramón, García Lorca y tantos más. Pero los límites se tocan y ahora la literatura y el arte están presos. Pero no del racionalismo, sino del absurdo, del alogicismo.

Mi sorpresa no tenía límites. Siempre aparecía una faceta insospechada en la vida de esta mujer y aumentaba su profundidad. También mis dudas acerca de su edad. A veces podía parecer tan joven, a veces tan madura, a veces tan fuera de contacto con el sexo o lo material que era realmente un enigma para mí. Inevitablemente siempre me retrotraía a mi padre. Era el único hombre que le hubiera podido hacer compañía. Y por ironías del destino era yo quien estaba allí junto a ella, ahora radiante, bajo el esplendente sol de Portugal esa mañana. Y también se me hacía clara la razón de su intensa, de su profunda melancolía: ¡debía de sentirse tan sola! Era demasiado mujer para cualquier hombre y, por tanto, una carga difícil de llevar. ¿Se lo habría dicho o hecho sentir su marido alguna vez? Me aterró pensarlo. Esta mujer, sin saber por qué, había provocado todas mis reservas de ternura y de pasión y comprendía, o mejor intuía, cuanto debía haber sufrido por su superioridad real, no pretendida. Estos pensamientos me abstrajeron de tal modo que no oí la llamada al avión. Fue ella quien me la recordó. Apresuradamente nos dirigimos al Iberia que nos esperaba. Al abordarlo y dejar así el suelo lusitano me sentí triste. Allí había vivido una experiencia maravillosa, había conocido una mujer extraordinaria y también había enriquecido mi mundo interior. Era como si hubiera alcanzado por el simple hecho de haberla conocido una etapa más alta en mi existencia. A partir de entonces nunca más sería el mismo. Y lo debería a esa mujer. Cierta capacidad para crecer interiormente —dormida desde mi adolescencia— se había despertado en mí y con esa tendencia tan humana que tenemos todos me lamenté de no haber encontrado en mi abandonada esposa esas virtudes. Tampoco en los amores ocasionales que había tenido después de mi divorcio... Absorto en estos pensamientos me había olvidado de ella quien ya a mi lado en el avión también se había ensimismado. Es muy posible que parecidos sentimientos a los míos la conturbasen y preocuparan pero seguramente con otro matiz. Intenté tomarle la mano que ella discretamente retiró pidiéndome excusas con la mirada. Comprendí mi error. Un muro se había levantado entre nosotros. Las convenciones nos cercaban. Y además yo estaba seguro de que si bien ella había tenido un instante de debilidad, ahora estaba arrepentida y se sentía enojada consigo misma. Lo que no impedía que sintiese una profunda gratitud y alivio por la ayuda que sin proponérmelo le había prestado al aligerar un poco su carga emocional.

Nuestro viaje a Madrid transcurrió con toda normalidad, sin penas ni glorias, como se dice vulgarmente. Aunque no es verdad, bien lo sé. Pues ambos habíamos tocado la piel de la felicidad sin poder posesionarnos de su cuerpo. Nunca es posible. Todos lo sabemos. En el camino y con una timidez creciente le había preguntado si sería posible volverla a ver en Madrid en un plano estrictamente amistoso. Me miró entre sorprendida y severa y luego muy dulcemente musitó: Sabe que no. Y muy renuentemente accedió a darme su teléfono —no es fácil encontrar en el directorio el de nadie aun sabiendo el nombre— pero me advirtió que no debía hacer un hábito de llamarla y que sólo en un caso excepcional como para despedirme cuando me fuese sería lícito hacerlo. Estaba tensa y de nuevo los años caían sobre su faz. Comprendí que con toda deliberación construía con paciencia y delicadeza una muralla insalvable.

La tristeza que me invadía ante su inminente pérdida era obvia pero debía refrenarla. Muy pronto la azafata anunció la próxima llegada a Madrid. Eran apenas las nueve de la mañana. Por la ventanilla era posible ver la famosa tierra parda de la meseta de Castilla ahora severamente castigada por las tenaces lluvias de primavera. Pero esa mañana no llovía y un sol leve y casi temeroso anunciaba un día plácido. Con toda felicidad tocamos tierra.

Sorprendentemente —no había reparado en ello antes— la pareja que iba a Torremolinos venía también en el avión. Seguramente, como nosotros, habían hecho noche en Lisboa para una visita rápida.

Ya en el aeropuerto, antes de descender, mi amiga se dirigió a mí. Muy formalmente me dio la mano que apretó ligeramente y con una sonrisa que yo llamaría estereotipada, como sus frases, me dijo: Adiós, he tenido mucho gusto en conocerlo. Sabía qué segundo sentido tenía su despedida. Era la muralla definitiva. Era una advertencia de que a partir de aquel instante ella era sólo una pasajera más. Casi no pude responderle y tan lacónicamente como ella, pero mucho más bajo, le dije: El gusto ha sido mío, y añadí: Dios la bendiga. Agradecida me miró y sonrió como en sus mejores momentos. Al descender del avión aun pude darle la mano. La tenía muy fría pese a lo agradable de la temperatura. Sin duda, estaba nerviosa. Ya en el aeropuerto la vi apresurarse hacia la ventanilla donde revisaban los pasaportes.

Afuera la esperaba el que posiblemente era su marido —joven aun— con dos jovencitos de unos dieciocho o veinte años. Uno la recordaba vivamente. Al verlos su cara se iluminó y la vi desaparecer entre los abrazos y besos de ellos. El la tomó del brazo para acompañarla. ¡Qué envidia le tuve entonces!

Como yo no vivía en Madrid ni nadie venía a esperarme tuve que hacer una larga cola. Después de cambiar en la oficina del banco algunos dólares en pesetas bajé a buscar mi equipaje. Ni rastro de mi amiga había. Seguramente por el expediente de la influencia había podido recoger su equipaje antes que nadie. Quizás su marido era muy conocido e importante. En cambio, la pareja que iba a Torremolinos estaba saludando, casi con estrépito, a un matrimonio que había venido a esperarlos. Parecían españoles que habían vivido largo tiempo en América. El tenía una cara bondadosa y debía tener unos sesenta años. Ella tal vez un poco menos. Era alta, fina y muy estirada de aspecto y de modales. Aunque bonita, no me gustó. No sé por qué. Comparada con mi amiga parecía de palo. Pues había descubierto que a partir de entonces cuanta mujer conociese iba invariablemente a compararla con ella, como si fuese un arquetipo. ¡Menuda gracia!

53

Emilia y su marido se fueron en un automóvil Dodge con la pareja que vino a buscarlos. Yo tomé un taxi hasta el hotel y recordé —libre por un momento de la imagen de mi amiga— mi primer viaje a Madrid. Comprobé los cambios ocurridos. El aeropuerto ahora era moderno. Y los jardines que lo rodeaban nuevos, limpios y cuidados. Llenos de flores un poco marchitas por el peso de la lluvia continua que suele agobiar a Madrid en el mes de marzo.

La ruta a la ciudad era por una carretera espléndida en la que se veían de continuo nuevas edificaciones. Yo iba a parar en el Castellana-Hilton. Lo suponía un hotel lleno de "confort". Luego supe que siendo caro no era ya el más cómodo ni el mejor atendido. Era que otros ahora ocupaban ese lugar. Pero para el tiempo que pensaba permanecer en Madrid —escasamente doce días— no estaba mal. Tenía además, a su favor, su espléndida situación cerca de todo en el agradable Paseo de la Castellana. Pero yo estaba obsesionado. No podía renunciar a la idea de reencontrarme con mi amiga. ¿Cómo podría lograrlo? Con este pensamiento casi no podía concentrarme en lo que me traía a Madrid. Reparé en que estaba muy cansado y vi con placer el momento de estar en mi habitación. Me dieron una en el cuarto piso. Tan pronto llegué allí pedí algo al "room-service" y fui atendido con una cortesía que ya casi no se ve en otros sitios. ¡Lástima que la calidad de lo que me ofrecieron no corriese pareja con el servicio! Recuerdo con particular desagrado el jugo de naranja. Era francamente malo. Luego sabría que no siempre es fácil conseguir naranjas buenas en Madrid. Me dormí como un lirón por más de seis horas. Al despertarme eran ya las nueve de la noche. En otra ciudad me habría alarmado porque habría perdido la oportunidad de ir a un buen restaurant. En Madrid no me preocupé. Llamé para ordenar un "J and B" y después de bañarme decidí irme a cenar solo. Por esa noche no quería compañía. Prefería regodearme en mis recuerdos. En la carpeta pregunté qué restaurantes podían recomendarme. Y de los que me dijeron elegí al tun-tún el que me pareció más atractivo por su nombre: "Las Lanzas" como el famoso cuadro de Velázquez, en la calle Espalter cerca del Retiro. Comí fabulosamente y me entretuve observando a la gente. Sin duda en su mayoría era del "jet-set". Estuvieron llegando a cenar hasta casi las doce de la noche. <u>Las mujeres elegantes, pero tristes. Los hombres galantes, pero aburridos.</u> Un excesivo ambiente de formalidad pesaba en todo el lugar y, sin duda, no había muchos turistas. Tal vez fuera explicable porque el restaurant estaba fuera de la zona francamente turística y muy cerca, en cambio, de los barrios residenciales del Retiro y Salamanca.

Comí sabrosamente y bebí un buen Rioja mientras observaba, recordaba y comparaba. La alegría de nuestro pequeño refrigerio en una terraza en la costa de Portugal apenas podía compararse con la insulsez a mi alrededor.

En una mesa próxima vi dos parejas que me intrigaron. Era obvio que vivían en la ciudad y que pertenecían a la clase adinerada, aunque no aristócrata. Ninguna de las mujeres era bonita aunque ambas eran jóvenes. Una era alta, fina y muy bien vestida. De modales suaves y voz calmada que se percibía en la distancia parecía entretenida sólo a ratos. Su mirada revelaba un profundo aburrimiento. La otra, más vivaz, de baja estatura y de figura chambona aunque super-bien vestida, tenía una sonrisa burlona y cierto aire de triunfo resplandecía en sus ojos. Llevaba unas joyas preciosas y obviamente auténticas. Era versallescamente atendida por un hombre joven, casi feo, pero atractivo y de buenas maneras que estaba a su lado. El otro hombre, muy alto y de figura muy distinguida, tenía una mirada muy displicente. Apenas miraba o atendía a la señora alta y se veía que hacía esfuerzos por ser cortés con la otra pareja. Inmediatamente tuve la intuición de lo que pasaba. La joven vivaz era el centro de atracción porque sin duda debía ser muy rica. El que parecía su marido la atendía tanto por temor a incurrir en su cólera. La otra mujer y su marido arrastraban un matrimonio sin alegría, y ambos se sentían obligados por alguna razón a ser amables con la pareja con quien estaban. Era obvio igualmente que había cordialidad al dirigirse al joven que acompañaba a la mujer de las joyas pero que hacia ella sólo sentían un profundo desprecio y cierta envidia. Más tarde en mi estancia pude identificar a las parejas en cuestión y con alegría pude comprobar que mi intuición no me había fallado. Tal vez había equivocado mi profesión y había nacido para detective.

En otra mesa cercana la situación era bien diferente. Un matrimonio mayor —rondarían los setenta— tenía invitada a una pareja de paso por Madrid seguramente. Se veía una amistad de antiguo y hablaban animadamente. Todavía en otra mesa había una pareja singular. El era un mulato como tantos otros del Caribe. Ella parecía inglesa o alemana. Quizás sueca. Parecían muy interesados en una conversación sobre pintores modernos. Los nombres de Picasso, Dalí, Miró, Giacometti, alternaban con los del Greco, Velázquez y Goya. Parecían intelectuales, tal vez de paso por Madrid ambos, o quizás uno vivía en la ciudad. Pero de algo estaba seguro. Eran simplemente amigos de muchos años.

Y en otra mesa un hombre muy mayor acompañaba a una mujer muy joven, casi salida de la adolescencia. Me llamaron la atención. Después aprendería que esto es muy frecuente en Madrid donde no hay divorcio, y donde la mujer de clase media suele quedarse en el hogar con los hijos y los hombres con pesetas hallan fácil compañía, incluso entre mujeres de cierta clase, sin ser por eso mal vistos.

Por estas observaciones me di cuenta de que aquel restaurante me había servido para calar cierto aspecto de la sociedad madrileña del momento: la de la clase alta y media. Pero que fuera había mucho qu observar. Y decidí explorar a los taxistas. Ellos son en toda ciudad el mejor barómetro para tomarle el pulso a la vida interior de un país. El político frustrado que había en mí no salió defraudado de las pesquisas.

Casi a la una de la mañana abandoné el restaurant y decidí irme a ver un "tablao flamenco". Ordené al taxista que me llevase a uno del "viejo Madrid". Y me llevó a ver a Lucerito de Tena. Fue milagro que estuviese allí pues suele actuar en la Costa Brava o en la Costa del Sol después que termina sus contratos de invierno en la Villa y Corte. Pero la temporada aún no había terminado. Fue una suerte verla, pues aunque no soy muy "flamenquista" siempre admiro el arte cuando es genuino. Y valía la pena ver bailar a esta mujer. Los demás miembros de la compañía no estaban mal sin llegar a su altura. Una de las "bailaoras" bailó una rumba andaluza que me recordó mucho a mi Cuba lejana. Y también como nuestra música negra no sólo vino de nuestros esclavos africanos sino también de algunos de nuestros colonizadores andaluces. Ya nos lo recordó Don Fernando Ortiz.

Tarde abandoné el "tablao" y decidí volver al hotel. Pero antes quise repasar un poco el viejo Madrid. Me dirigí a la Plaza Mayor —siempre hermosa aunque no tanto como la de Salamanca— y recorrí el Arco de Cuchilleros con su serie infinita de mesones llenos a esa hora de turistas y trasnochadores. Al fin, me encontré en la calle Mayor. Allí tomé un taxi que por unas pesetas me dejó en el hotel. Cuando aterricé en mi cama eran ya pasadas las tres de la mañana. Mi amiga volvió nuevamente a mi recuerdo. Y por fin, agotado, me dormí.

A la mañana siguiente después de desayunar —me había despertado a las diez— me dirigí al Museo del Prado como hace casi todo visitante. Nada nuevo con respecto a mi visita anterior. Todavía estaba allí mi novia adorada desde que estudié Historia del Arte con aquel inolvidable profesor que fue Luis de Soto: "La Dama de Elche". Pero ahora le vi una faceta insospechada. Me recordaba a mi amiga. Me la recordaba mucho. ¿Por qué? No podía decirlo. Rasgo por rasgo no se le parecía. ¿Qué era pues? Agotado por la imposibilidad de hallar una respuesta vagué distraidamente por aquellas vastas salas. Sólo me detuve en una pequeña capilla en que se exhibían unos frescos románicos —del románico catalán— que curiosamente estaban allí por intercambio con el Museo de los "cloisters" en Nueva York, una sección del Museo Metropolitano. También fue demorada mi visita a las Meninas y mi paso por las salas que exhiben los dibujos de Goya llenos de ironía y humor negro acerca de la naturaleza humana. Y muy deliberadamente después me fui a ver sus "majas"; la vestida y la desnuda que me volvió a recordar a mi amiga, aunque fuera ésta mucho menos opulenta como era de esperarse en una mujer de este siglo.

Al salir, enamorado aun de Goya, decidí encaminarme a la pequeña iglesia de San Antonio de la Florida —cerca del Palacio de Oriente y de la Estación del Norte— donde está su tumba —aunque haya quienes lo discuten— y donde existen unos maravillosos frescos suyos como que fueron pintados cuando él estaba en el apogeo de su vida. Al abandonar la pequeña capilla que tan pocos visitan tomé enfrente un gran vaso de sidra fresca, aunque no era recomendable porque aun no había almorzado, o comido, como se dice en Madrid. Y, mientras, me dí a pensar en donde almorzaría. Después de pensarlo un rato resolví irme al "Salvador", un antiguo restaurant de la calle Barbieri. Recordaba años atrás haber comido allí unas pechugas de pollo maravillosas. En doce años el lugar apenas había cambiado. Más cuadros de toreros se veían por doquier —la mayor parte muy malos— y también más fotografías de gente famosa en el mundo de los toreros, de la bohemia y aun de los intelectuales. Allí estaba la casi imprescindible presencia de Hemingway en una foto como ocurre en España en todo lugar popular entre toreros.

Del menú, sin embargo, lo que me tentó fue otra cosa. Fue el bacalao a la vizcaína y la coliflor salteada con ajos. Fue todo una delicia que soboreé con un vino de la casa. Después me di a andar por el centro de Madrid. Me fui hacia la Gran Vía que ahora todo el mundo llama José Antonio. Y me detuve a comparar los precios con los de Nueva York con los que estaba familiarizado. Y me sorprendí de ver que en oposición a lo que muchos creen en la ropa de calidad no había mucha diferencia. Sólo en el ramo de perfumes y en artículos de piel la diferencia era apreciable. Pero viendo los turistas vagar sin objeto por los alrededores de la Cibeles a esa hora de la tarde, en espera de que abriesen sus puertas los comercios, me pregunté cuando abandonaría España esa costumbre del receso del mediodía que tanto ingreso lícito cercena para las arcas privadas y nacionales sin ninguna ventaja real en cambio. Es sólo un problema de reorganización. Y ya cansado me volví al hotel para ver si establecía contacto con los pocos amigos que tenía en Madrid. Mis experiencias recientes se habían sedimentado un poco y podría enfrentarme a mis amigos sereno y confiado. Al menos así lo creía. Pero en el regreso, al pasar cerca de la iglesia del Cristo de Medinaceli, recordé a mi abuela que era su devota y decidí entrar allí a meditar un poco. La atmósfera silenciosa del templo, tan cerca del bullicio de la gran ciudad y de sus mejores hoteles, me hizo mucho bien. Y de nuevo me asaltó el recuerdo de mi amiga. Para alguien sería una herejía o una profanación. No para mí. La experiencia con aquella mujer lejos de excitar mi lujuria había exaltado mi espíritu. Inexplicable, pero cierto.

El ansia de mejoramiento espiritual que había despertado en mí esa mujer no era impedido en absoluto por la profunda atracción física que me impelía hacia ella. Misterios que tiene la naturaleza humana. Allí, en el sagrado recinto, entre temeroso y confiado, imploré la ayuda de Dios para la nueva empresa que iba a iniciar, pedí paciencia y sabiduría suficientes para acertar en Roma donde pensaba establecerme, y pedí también la gracia de encontrar en mi camino una mujer que recordase a mi amiga y no dejé de formular una plegaria hondamente sentida por el bienestar físico y espiritual de ella y de su familia. Y dándole gracias a Dios por la maravillosa experiencia que me había concedido abandoné el templo dirigiéndome a la plaza de Neptuno y por el Prado y la Castellana hasta mi hotel. Cuando llegué estaba agotado. Había andado por más de tres horas. Y en más de veinticuatro no había hablado con nadie si se descuenta a los que de una manera u otra me habían servido. Me di cuenta de que estaba lleno de ella y de que me molestaba toda interferencia. De verdad no estaba solo. Aun la música de su voz resonaba en mis oídos y me parecía estar conversando con ella. Ya en mi cuarto la tentación de llamarla fue enorme. ¡Sería tan fácil! Pero sabía que jamás me lo perdonaría. Al fin me decidí por una solución intermedia, tonta e infantil. Pero es lo lo que hacen todos los enamorados. Llamé y pretendí al oír su voz —era la de ella— estar llamando a la compañía de aviación. Al responderme sorprendida que estaba equivocado me limité a decirle: Usted perdone. Realmente creo que no me reconoció. Y un poco molesto conmigo mismo por mi idiota actuación llamé a un amigo de mi niñez que había estudiado en el mismo colegio que yo, en Baldor, en La Habana. Hijo de españoles había rehecho su vida en Madrid, no sabían bien cómo, aunque todos comentaban que estaba muy bien. Con su espontaneidad agresiva y su excelente buen humor en su voz resonaron campanas de alegría al oírme. Un retazo de Cuba volvía a nuestras vidas.

Me invitó de inmediato a ir a su casa esa misma tarde a tomar unas copas. Y no me permitió ninguna excusa. Vivía relativamente cerca del hotel en la zona fronteriza con el barrio de Madrid que llaman del Generalísimo y que tanto recuerda en muchos aspectos ciertas zonas de algunas ciudades norteamericanas de rápido crecimiento como Miami Beach en la Florida o Forest Hills cerca de Manhattan.

Mi amigo vivía con su mujer y sus cuatro hijos en un piso muy bien amueblado y que hubiera sido un lujo imposible en Nueva York para alguien como él. Su mujer seguía siendo tan linda y fina como siempre. Pero él me sorprendió por lo mucho que había envejecido. Verdad que era ocho años mayor que yo, pero aun así no estaba justificado. La hija mayor —de unos quince años— era preciosa y afloraba a la vida con la belleza de la madre y la vitalidad, inteligencia y desbordante encanto del padre. Era extraordinaria. Aun la recuerdo. Con su minifalda, sus hermosas piernas, su encantadora sonrisa y segura coquetería, me hizo olvidar por un segundo a la amiga del viaje. Pero pasó como un bólido por la sala y la distancia era muy grande y la circunspección mucha. Sabía a su padre observándome.

Al cabo de un rato de animada conversación con el matrimonio la impresión de la chiquilla se había evaporado. Hablamos aquella tarde de todo lo divino y lo humano. De la gente amiga común que estaba en Madrid o en Nueva York de donde yo venía. Y de cómo les había ido a todos. Y también de los que se habían quedado en el camino como algunos amigos que perecieron en el desastre de Bahía de Cochinos que no quisimos comentar para no disgustarnos. Y salió lo de mi divorcio. Mi amigo indagaba las causas. En su curiosidad me pareció adivinar que tenía algún problema. Por lo pronto comprobé que bebía demasiado. Tan cuidadosamente como pude se lo advertí. La respuesta era de esperar. Fue una negación de la evidencia. Y en seguida la justificación. Luego de estar tanto tiempo sin ver a un amigo como yo era natural querer celebrarlo.

Adela, su mujer, y yo, insistimos en irnos pronto a cenar. Me di cuenta así de que ya la vida de Madrid no corría como antes. Tener cocinera y sirvienta a toda hora era ya un lujo que pocos se podían permitir. Lo más era la asistenta que cubría por horas las necesidades básicas. De modo que nos fuimos a comer fuera. Miguel me llevó a un restaurant casi junto al hotel y en el que no había reparado. Era "Breda". Intrigado por la coincidencia de cenar por dos días en dos restaurantes con nombres alusivos a los cuadros de Velázquez aventuré la pregunta concerniente. Mi amigo me informó que eran tres y no dos. El otro se llamaba "La Fragua". Algún día iríamos. Estaba en la calle Ortega y Gasset.

En la entrada del restaurant nos topamos con un joven de cara aguileña que me presentaron. Yo ya lo conocía de nombre. Habíamos tenido alguna correspondencia. Era Félix Grande. Lo sentí distante y como frío. Tal vez a él le pase lo mismo conmigo.

El restaurant no estaba tan lleno como el de la noche anterior y su ambiente no parecía tan formal. Lo que era una bendición pues pudimos conversar a nuestro antojo. Recordamos nuestro pasado y mi amigo me dio un "brief" —como se dice en Nueva York— de los amigos comunes que andaban no sólo por Madrid, sino por el resto de España y también por otros países de Europa, principalmente Suiza e Italia. Inquirió por mis planes y le conté de mi proyecto de establecerme en Roma en un negocio de libros adonde iba con muy buenos auspicios. Ella me preguntó por qué no me quedaba en Madrid para lo mismo. Le expliqué que nunca lo había considerado y que no me parecía factible ni recomendable. El asintió. Pero una lucecita de duda sentí encenderse en mi interior y me descubrí deseando que la posibilidad existiera pues secretamente abrigaba la esperanza de volver a ver a mi amiga. Pero el asentimiento de Miguel demostraba lo iluso de mi esperanza.

En la conversación también me reafirmé en la idea de que algo muy grave le sucedía a Miguel. No era la misma persona. Una preocupación honda lo comía. Y la mujer lo sabía. No me cabía duda. Pero lo disimulaba mejor que él. Cuando lo oía alardear sobre su éxito, sobre sus aventuras de negocios en España, sobre sus proyectos, comprendí cómo él mismo intentaba convencerse de sus exageraciones. Sin darme cuenta comprobaba como el auténtico éxito no se cuenta, se ve. Muchas veces después tendría ocasión de comprobar esta actitud en muchos otros cubanos radicados en España. No pasaba así en los Estados Unidos. Cuál podría ser la razón no acertaba a adivinarlo. Tal vez que la vida norteamericana está constreñida para las clases desposeídas a lo fundamental y esto disminuye las posibilidades de la vanidad. Pero a decir verdad esta explicación me dejó siempre poco satisfecho. Al salir me acompañaron unos pasos hasta el hotel y yo, absorto en mis cavilaciones acerca de la segura tragedia que se cernía sobre mi amigo, me retiré a mi cuarto decidido a abordarlo solo a la mañana siguiente. Quería saber a que atenerme. En efecto, al despertarme —ya era bastante tarde— lo llamé a su oficina. La secretaria le pasó el recado y él contestó inmediatamente. La voz era la misma voz plena de sus mejores tiempos y casi lamenté haberlo llamado. Casualmente le pregunté cuando nos volvíamos a ver y para mi sorpresa me dijo: Ahora mismo, ¿por qué no vienes para acá? Es que no he desayunado. Y replicó: Bien, lo haremos juntos. En un cuarto de hora te espero en la cafetería del hotel Luz Palacio.

Así supe de este otro hotel de Madrid, también en la Castellana pero de la otra acera del Hilton y un poco más arriba. Por cierto que me resultó agradable. Allí nos encontramos. Miguel estaba más eufórico que la noche anterior, pero igualmente preocupado. De pronto se me ocurrió pensar que tendría un "affair" con una mujer, pese a saber como quería a su familia y lo enamorado que siempre había estado de Adela. Con su estilo de costumbre me sacó de mi error. Hijo mío, las mujeres son esas ocasionales que están en el bar de casi todos los buenos hoteles accesibles al mejor postor. Pero las desprecio profundamente. Sólo cuando he bebido más de la cuenta —y esto sí comienza a preocuparme— descargo en ellas toda mi agresividad con tal de llegar a mi casa presentable. Después de todo mi familia merece respeto. Y mi hija, sobre todo, tiene derecho a verme a la mejor luz. Curiosa manera de ofrecerlo, pensé yo. Y recordé el libro de Fernando Díaz Plaja **Los siete pecados capitales del español** o algo así, no recuerdo el título exacto.

Luego, relajado por la conversación y por un "cognac" que había pedido tras el copioso desayuno —por cierto que supe entonces de uno español reputado como excelente: Cardenal Mendoza— me confió que era cierto que tenía una gran angustia y preocupación. Ante mi insistencia en preguntar con la mira de ayudarlo me dijo: No te preocupes, es imposible. Aventuré entonces dos preguntas: ¿Juegas? Tú sabes que jamás lo he hecho. No soy tonto. ¿O es que lo has creído alguna vez? Estaba casi violento. Decidí, de todos modos, volver a preguntarle: ¿Malos negocios?...

Me miró largamente, dio vuelta a su copa de brandy, bajó la vista y pensó, pensó mucho. Yo me mantuve callado observándolo. El sentía el peso de mi mirada sobre él. Finalmente me dijo con voz apagada: Sí, soy un fracaso, soy un soñador y no tengo más salida que un pistoletazo. ¡Oh, no juegues! Eso no ha sido nunca una solución. Y tú lo sabes. Vamos, di lo que pasa. Puedes disponer de mis ahorros. Suman algo más de tres mil dólares y a eso puedes añadir algo que puedo lograr de tío. Una risa sarcástica hizo eco a mi frase. Me sentí turbado y dolido. A no ser por la cara de Miguel, por sus ojos inyectados de cólera o de lágrimas, no sé, le hubiera roto la boca de un manotazo. Lo miré en silencio, hondamente. De inmediato cambió la expresión y me dijo muy abatido: Eso no basta ni remotamente para sacarme de mi enredo. Debo más de doscientos cincuenta mil dólares. Fui yo entonces el que quedó anonadado. Me limité a oír la historia. La compañía que a duras penas había levantado estaba al borde de desaparecer. No había sabido controlarla. Como tantos técnicos o profesionales que habían sabido conducir las empresas en que trabajaban a espectaculares éxitos él también se sintió un hombre de empresa e intentó fomentar la suya. Pero se le escapó de las manos por errores de cálculo. La amplió antes de tiempo. E incurrió en deudas que habían no sólo superado los ingresos posibles sino arriesgado todo su capital y el de algunos amigos. Ya no había remedio. Además, como siempre había sido un triunfador que se había levantado de la nada, creyó que era de corcho y que siempre podría flotar. Añádase que su generosidad con la familia siempre fue proverbial y seguramente ella se había llevado parte de los ingresos en una vida rica y regalada. Pues supe que además del piso de Madrid que era propio, tenían una casa en San Feliú, en la Costa Brava y que se daban un largo viaje de placer por Europa todos los años.

Ante la historia me sentí realmente abrumado, y pretextando algo que tenía que hacer para mi negocio le dije que lo iría a buscar a la salida de la oficina esa tarde. Que mientras meditaría y trataría de buscar alguna solución para discutirla. Entre ilusionado y escéptico me respondió con esa muletilla tan madrileña: Vale. Y nos despedimos al frente del hotel.

Yo tomé sin rumbo cierto por la calle General Sanjurjo hacia las alturas de la Moncloa. El trecho es largo, bien largo, para ir andando. Pero aquel día de abril con su lluvia fina y su aire ligeramente fresco se avenía maravillosamente bien con lo que yo necesitaba. Refrescaba mi cabeza y me dejaba pensar más claramente. Los problemas de Miguel me tenían muy consternado. Era tanta mi preocupación que el recuerdo de Lila había quedado pospuesto. Pero después de andar no más que unas cuantas manzanas me descubrí pensando en ella. Una sonrisa plácida alivió la tensión de mi cara y por unos segundos me entregué a su recuerdo. Pero esa conciencia del deber que siempre he tenido me recriminó y desechando el placer de recordarla volví a pensar en como ayudar a Miguel. Me angustiaba que pudiera suicidarse. Sabía que no era una frase la suya. Y mi primer intento fue llamar a su familia. ¿Tendrían noción exacta de todo lo que pasaba? Desde una casilla telefónica próxima llamé a su casa. Me salió su hija al teléfono. La voz cantarina era un perfecto acorde para su espléndida belleza. Después de identificarme y huyendo a la tentación de decirle un piropo le pregunté por la madre que vino inmediatamente al teléfono. Entonces le dije: Adela, estoy preocupado por Miguel. No lo veo bien. ¿Puedo ir a verte ahora para hablar del asunto? Un poco turbada y sin duda sorprendida se limitó a de-

67

cirme con voz casi cortante: No te preocupes, ya sabes como es Miguel de exagerado. No le hagas caso. Todo está bajo control.

Comprendí que por ahí no había nada que hacer. Las puertas se me cerraban para ayudar a mi amigo en esa dirección. Habría que intentar otra. ¿Cuál podría ser? ¿Quién o quienes serían buenos amigos de él en Madrid para ayudarlo? Yo no podía apartarme de la idea de que en menos de una semana debía estar en Roma. Y, sin embargo, sin explicármelo, lo de mi amigo me preocupaba más que lo usual. De pronto recordé que hacía muchos años —poco tiempo antes de yo casarme— había llegado a La Habana un chileno interesado en Arqueología que venía referido a Miguel. Y un día éste lo invitó a almorzar conmigo en "El Palacio de Cristal". ¡Qué restaurant aquel! De sobremesa, en esas conversaciones sabrosas que sólo es posible tener donde el tiempo aún no está muy contabilizado, nos habló de sus convicciones y de su afición por la Astrología y por la Quiromancia. En su opinión algún día llegarían a ser ciencias como alguna vez lo fueron en otras culturas diferentes a la de Occidente. Y recuerdo haberle preguntado muy casualmente: ¿Sabe algo de eso? Por respuesta se limitó a pedirme que le dejase ver mi mano y le hizo a Miguel el mismo requerimiento. Una sonrisa con cierto matiz de ironía apareció en su faz y nos dijo: Ustedes son buenos amigos más allá de lo que imaginan. Pues aunque las vidas de ustedes comenzaron en distinto tiempo morirán casi simultáneamente. El recuerdo me electrizó. Ahora comprendía por qué el problema de Miguel me conturbaba tanto, hasta el punto de hacerme olvidar los míos. Es que era mi propia vida la que estaba en juego. Salvar a Miguel era salvarme yo. Pero ¿cómo,

Dios mío? Una iglesia que divisé en una de las esquinas sirvió de refugio a mi angustia. Entré, me arrodillé, recé una plegaria y pedí a Dios ayuda para encontrar una solución. Salí más reconfortado y continué mi camino. El aire fresco, la suave paz que de pronto me invadió despertaron mi apetito pues mi desayuno había sido muy frugal. Y andando topé con una pequeña tasca donde a la vista estaban las "tapas» llamando mi atención. Entré. Era un lugar modesto con apenas tres mesas y una guapa y joven mesera bien entradita en carnes. Sin duda era hija del propietario que estaba detrás del mostrador. Posiblemente la madre estaría en la cocina. Y así completarían el negocio familiar. Halagado por la idea de una comida casi doméstica por tal hecho preferí sentarme y ser servido por la rozagante moza. Para probar un poco de todo pedí un bacalao al pil-pil, unos calamares en su tinta y unos pinchos de tortilla. Todo con una jarra de vino blanco de la casa. Y otra vez Lila vino a mi memoria y no pude sino añorar la felicidad que nos perdíamos no pudiendo compartir aquel delicioso almuerzo. Además, ella, con su madurez, con su serenidad, con su sabiduría, tal vez podría aconsejarme en el caso de mi amigo. De pronto se me ocurrió llamarla. Pero inmediatamente reflexioné: ¿Con qué derecho podía confiarle el secreto de Miguel que también vivía en Madrid y posiblemente la conocía? Así es que controlé mis impulsos y seguí andando y pensando. Al llegar casi al Instituto de Cultura Hispánica me encontré con Félix Grande otra vez. Lo reconocí en seguida. Y él a mí. Hubo cordialidad inusitada en el saludo, que así se equivoca uno. Además, yo le había escrito varias veces a propósito de algunas cosas de mi padre que pensaba publicar y para lo que contaba con la amistad que él había tenido por su profesión con el doctor Marañón, cuyo hijo era Director del Instituto en ese momento. Y también un amigo mío de La Habana que vivía en Nueva York me había hablado de Grande como de un español excepcional: fino de sensibilidad, de gran inteligencia, de abundante generosidad y con amor al trabajo serio. Y esto era lo más sorprendente. Cuando le había escrito contándole el proyecto de publicar las cosas de papá lo había acogido con tal buena voluntad que apenas podía creerlo. Por eso me había sorprendido tanto la noche anterior cuando lo encontré en Breda como recatado y distante. ¿No sería que yo estaba tan embargado por el problema de mi amigo que no podía percatarme claramente de nada? Lo que fuese es lo cierto que en ese momento sólo nos dijimos: Ya nos conocemos, sin entrar en explicaciones. Y como despedida un "ya nos veremos" sin definición alguna. Ahora Dios —o quien sea— nos deparaba la oportunidad enteramente fortuita de hablar larga y pausadamente. Con su cordialidad quieta ¿sería bastante amigo de Miguel como para pedirle ayuda? Nada más surgirme este pensamiento comprendí su absurdo. Por la misma razón que no tenía derecho a confiarlo a mi amiga tampoco lo tenía para confiarlo a Grande. Así pues departimos un rato en la cafetería del Instituto al calor de una buena taza de café negro. Por cierto que el café en Madrid es ahora muy bueno. En mi primer viaje en cambio tomar una taza de café era una de las experiencias más desagradables. El café no era café. Era otra cosa, no sé qué mezcla tendría. Pero hoy es delicioso. Lo importan de varios países hispanoamericanos.

Cuando salí del Instituto deambulé un poco por el Parque del Oeste y su magnífica rosaleda.

Estaba aquella tarde esplendorosa. Me sorprendió no encontrala llena de turistas pues creo que debe haber pocas rosaledas en el mundo que puedan comparársele. Allí, arrobado, el recuerdo de Lila volvió a mi memoria. Rosa debía llamarse. Tenía toda la gracia y plenitud de esta flor y hasta su riqueza de colorido. Pues podía ser tan pura como una rosa perfectamente blanca, tan apasionada como una roja, tan fresca como la rosada y tan altiva como la amarilla. Pero cerré mi pensamiento a ella. Aún Miguel debía estar en primer lugar. Salí pues, de la rosaleda, y enfilé por la calle Pintor Rosales hacia la Plaza de España. Al atravesar la calle Ferraz recordé a la Avellaneda, la escritora cubana, que había muerto allí casi cien años atrás. Ya en la Plaza de España en lugar de dirigirme hacia José Antonio preferí cortar por Leganitos hacia la Plaza del Callao. Y entré en uno de los bares que se asoman a la calle para tomar un aperitivo pues ya eran las seis. Allí me vi cercado de la mirada y sugestiones de las mujeres fáciles que pululan por el centro de toda gran urbe pero que en Madrid —no sé por qué— me parecieron más desenvueltas. Algunas eran francamente bellas y llenas de picardía. A muchos hombres se les veían los ojos encandilados al mirarlas. Hombres del pueblo y de la clase media. También algunos turistas. Pero yo estaba demasiado embargado para interesarme en nada parecido. Preocupado y cansado me fui al hotel a esperar la llamada de Miguel. Ya allí me tiré en la cama y me quedé profundamente dormido. ¡Qué día tan largo! ¡Cuánta vida vivida en menos de diez horas! Me despertó el timbre del teléfono. Miguel me esperaba en el "lobby". Al saberlo solo lo invité a subir y pedí que nos sirvieran algo en el cuarto. Como siempre, los dos pedimos un

Scotch con Solares, esa agua fresca que se sirve prácticamente en todas las casas y lugares públicos de Madrid. Con la buena tradición española nos trajeron algunos "appetizers" o entremeses. Aceitunas, maníes, pequeñas lascas de chorizo y unos pequeños canapés.

Reclinados en el sofá volvimos al tema de la mañana. Encontré a mi amigo más calmado. Es que había dado con una solución. Vender su compañía a una firma americana. Era un buen negocio, sólo que él no sabía ser dueño. Sólo técnico. Porque se sobregiraba fácilmente. El se ofrecería para continuar trabajando a sueldo. Buscaría un agente que se la vendiera en los Estados Unidos. Me pareció excelente la idea y como estaba muy cansado él se fue a su casa y yo seguí descansando. Poco después pedí un solomillo con patatas, una ensalada y una copa de vino. Pero después de cenar el sueño huyó de mis ojos y el recuerdo de Lila se instaló otra vez en mi memoria. Trataba de no dejar escapar su recuerdo, lo acariciaba morosamente. Sabía que la experiencia vivida había profundizado mi vida en tal forma que era ahora cuando de veras me sentía por primera vez adulto. Ella, sin darse cuenta, me había liberado del fantasma de mi padre. Ahora comprendía que su imagen, superpuesta en mi hacer, no me había dejado andar por mí mismo. Lila con una frase había situado todo en su justo sitio. Mi padre era una honda y poderosa influencia, admirable sin duda, pero no era yo. Había cesado de compararme y además de tratar de imitarlo. Ahora era sólo yo. Lo había comprobado al hablar de él con Félix Grande cuando le pedí consejo para la publicación de sus obras. Lo había planteado todo con una objetividad serena y atenta que me sorprendió. No había dejado de reverenciarlo y quererlo, por supuesto. Pero había dejado de identificarme con él. Mi primera mujer volvió a mi recuerdo. ¡Me había dicho tantas veces que nuestro matrimonio estaba destinado al fracaso porque yo era un niño que aun no me había independizado o destetado psicológicamente como decía Leta Hollingworth! Yo me indignaba y ripostaba violentamente cuando lo decía. Nunca lo admití. Ahora, a distancia, comprendía cuánta razón tenía. Y cuanto la hice sufrir injustamente. Pero ya era tarde. Ella se había vuelto a casar con un médico americano y al parecer vivía muy feliz en Atlanta. Con una reacción completamente inmadura, ahora lo veía claro, yo había insistido en la "patria potestad" y custodia del niño, a lo que ella había accedido para evitarle al hijo situaciones conflictivas. Mi madre criaba a nuestro hijo en Miami. De pronto me aterré. Me di cuenta de que aquel niño producto de mi matrimonio prematuro, con una absoluta inmadurez de mi parte y en alguna forma de parte de ella también, era una víctima de nuestra inexperiencia. Y que por un vicio del carácter que indicaba mi falta de independencia psicológica había preferido verlo criar por mi madre que dejarlo en manos de la suya real, más joven, más fuerte y seguramente más capacitada en muchos sentidos. La magnitud de mi error se me apareció en toda su dimensión. Estaba condenando a mi hijo a ser el centro de una serie de pasiones y del que todos tiraban. Su madre, resignadamente, había tratado de hacerme comprender. Pero nunca le quise dar beligerancia. Ahora veía claro. Mi hijo sería un desastre a menos que volviese a su centro normal. Decidí esa noche reintegrarlo a su madre. Sabía que eso me iba a acarrear un grave disgusto con mi madre y me apenaba. Pero lo arrostraría sin miedo por el bien de mi hijo y en aras de lo justo y correcto. Ya no temería más las reconvenciones de mamá. Y esto también se lo debería a Lila. Mi madre nunca lo sospecharía. Mi ex-mujer tampoco. Cada una se buscaría razones. Las de mi madre me las sabía. Repetiría lo que siempre había dicho apenas pasada nuestra luna de miel. Susana no era mujer para mí. Era dominante, vanidosa y gastadora. Y además un año mayor que yo. Mamá nunca pudo explicarse como me había enamorado de ella pues no era una mujer linda. Ahora cuando miraba hacia atrás veía cuanto celo acumulado —¿o envidia femenina?— había en sus comentarios. Y también como esto fue una grieta que se abrió en mi matrimonio sin fundamento real. Es que mi familia —menos mi padre, por supuesto, él había muerto poco antes— me había lavado el cerebro respecto a Susana con tal de retenerme. Recordaba como llegué a verla francamente fea, como sepulté en lo más hondo la vivencia de su enorme atractivo para todos en la época en que la conocí y el indudable encanto que tuvo para mí. Recuerdo como me acicalé con exagerada meticulosidad y casi temblor, el primer día que la llevé a bailar. Recuerdo como me fascinó cuando la recogí en su casa con aquel traje blanco bordado en plata que tan bien sentaba a la viveza de su colorido: su piel inmaculada y ambarina y sus profundos y vivaces ojos grises. Su pelo dorado y su boca fresca y llena de alegría. Y aquel cuerpo suyo tan grácil, tan en sí, tan femenino y elegante al mismo tiempo. Y su andar tan peculiar. Recuerdo como antes de conocerla mis amigos y yo al verla pasar con su aire triunfante por Infanta y San Lázaro, camino de la Universidad, la llamábamos "pisabonito". Pero esta imagen pronto se desvaneció. Mi familia, de otra clase, nunca la aceptó totalmente. Siempre la resintieron. Y en ello no poco tuvieron que ver algunas de mis primas —niñas bien— que veían en mí un partido, ya para ellas, ya para sus amigas de la misma clase. Nunca estuvieron abiertas a mi inclinación por Susana, y aunque jamás me lo dijeron, sí lo comentaban con mi madre que tampoco se sintió cómoda jamás con ella. Su seguridad, pese a venir de una familia pobre, o tal vez por eso, su innato buen gusto y refinamiento, su hábil modo de encantar a todos, la firmeza de sus convicciones —erróneas muchas veces en mi opinión, pero convicciones al fin— la hacían poco susceptible de ser manejada como un muñeco más en el seno de mi familia. Todo se me aparecía evidente ahora. Pues muerto mi padre que fue un centro de equilibrio por su inmenso saber, su infinita bondad y su exquisita comprensión mi casa comenzó a girar lentamente hacia una caduca concepción de la vida en que los valores humanistas que siempre fueron la guía se vieron suplantados por cierto orgullo provinciano en la "clase" y en aspectos bien ajenos a la espiritualidad. Sin darse cuenta, mi madre viuda se convirtió de nuevo en sujeto de interés para la familia que de muchas formas sintió siempre que de mi casa se desprendía un fulgor que a ellos les faltaba. Pues aunque ricos con respecto a mi padre, motivo por el cual se opusieron en un principio a su matrimonio con mi madre, sin embargo, fue ella la que tuvo una vida más rutilante y plena en toda la familia mientras papá vivió. Porque él con su brillantez logró escalar posiciones en lo científico, en lo político, en lo social y hasta en lo económico aunque fuera esto lo que menos le interesó siempre. Así refinó el espíritu provinciano y burgués de mi madre que se convirtió, a su lado, en una excelente profesora. Y viajaron, recibieron con gran estilo y natural sencillez, e hicieron una magnífica colección de pintura cubana en la que había cuadros de Abela, Arche, Lam, Amelia Peláez, Mirta Cerra, Carreño, Estopiñán, Cundo Bermúdez, Serra Badué, Ponce, Víctor Manuel, Portocarrero, María Luisa Ríos. Y muchos otros aun desconocidos.

Mientras mi padre vivió —aunque siempre fue cortés, gentil y hasta efusivo— los familiares de mi madre nunca se sintieron cómodos a plenitud en nuestra casa. Pero desaparecido él, so pretexto de proteger a mamá —y quiero creer que con excelentes intenciones— hicieron todo lo posible por someterla otra vez a su control. Y ella estaba tan abatida que fue presa fácil. Yo tal vez hubiera podido protegerla pero era demasiado inmaduro para ello. Así la oportunidad se perdió y después de años de desaparecido mi padre mamá era casi una niña otra vez, presa del círculo familiar ahora en Miami. Y vivían todos con una emoción básica de transitoriedad en aquella tierra que les había dado abrigo. Y afincados en el pasado y sin ver el presente o vislumbrar el futuro en su auténtica realidad. Desgraciadamente mi madre estaba totalmente incorporada a ese grupo, al de los cubanos que apegados a sus raíces se negaban a apartarse del "ghetto". Y esto es una actitud errónea que imposibilita a la larga la adaptación y la integración a la comunidad. Ya en la Biblia se dice como la mujer de Lot se convirtió en estatua de sal por mirar hacia atrás. ¡Y era a esta atmósfera a la que yo había condenado a mi hijo irresponsablemente llevado por mi inmadurez! Pero lo rectificaría. De eso estaba seguro. Ya con la decisión firmemente tomada me liberé de la natural tensión y me dormí como un niño.

Eran bien pasadas las once de la mañana cuando desperté al otro día. Cosa rara. Posiblemente la solución del problema de Miguel y la decisión que había tomado respecto a mi hijo me depararon el sueño más reparador que había tenido durante todo el viaje. Me di una ducha rápidamente, pedí mi desayuno y me dispuse a escribirle a mi madre y a mi antigua esposa sobre el problema. Y tomé mi maquinilla de escribir, pues quería guardar copia de la carta a mamá. Tal vez algún día la necesitaría para limar asperezas. En la carta a mi madre decía:

Madrid, abril de 1968

Querida mamá: Sé que no me vas a comprender pero trata, por favor. Me refiero al problema de Carlitos. Es absolutamente imprescindible que se lo entregues a Susana para que sea ella quien lo críe de ahora en adelante. Es lo más conveniente para él y para todos. Incluso para ti. Aunque no lo admitas, vas envejeciendo. Yo no sé cómo me irá en este negocio que voy a emprender en Roma. Y el niño necesita raíces firmes y estables si es que va a hacerse un hombre. Y ni tú ni yo podemos dárselas. Yo conozco a Susana. Claro que tiene defectos. Todos los tenemos. Pero es fuerte, estable, segura. Sabe, además, luchar como nadie y en ningún momento nuestro hijo estará descuidado en sus manos. Además, es su madre. No lo olvides. ¿Crees tú que alguien me habría querido y cuidado más que tú? Pues lo mismo le pasa a ella. No creas que esto que te digo Susana me lo ha pedido. A decir verdad, ella será la primera en sorprenderse por esta decisión que he tomado a solas con mi conciencia y asistido seguramente por Dios. El niño, te repito, necesita una guía fuerte y estable. Y hoy Susana puede dársela. Necesita también, y tú lo entiendes, la figura de un hombre junto a sí como imagen y yo estoy seguro de que el marido de ella puede ofrecérsela. Todos tienen de él excelente opinión. Y, por último, también necesita mi hijo compartir un mundo con los valores de hoy y no los de ayer si es que ha de labrarse un futuro.

Espero que no pongas obstáculos a este deseo mío, que es casi una orden, pues estoy decidido a que se cumpla. Sé que me tacharás de ingrato y de monigote como siempre. Pero puedes estar segura por esta vez que no soy lo uno ni lo otro. Bien al contrario. Si algo me ha desvelado anoche ha sido saber que te mortificaría. Pero debo hacerlo. Hay decisiones que un hombre debe tomar aunque le duelan y esta es una de ellas. Estoy obligado a ello como padre. No me llames, pues, ingrato. No lo soy. Y lo de monigote ya no me importa que me lo llamen pues por siempre sé con seguridad que he dejado de serlo, gracias a Dios.

A Susana le escribo dándole cuenta de mi decisión que sé que la sorprenderá y encargándole que vaya a Miami cuanto antes a recoger y hacerce cargo de Carlitos, a quien has de preparar para el encuentro. Y le das muchos besos y abrazos míos. Dile que lo quiero mucho.

En cuanto a mí estáte contenta. Al fin tu hijo va a abrirse paso por sí mismo y a ser un hombre de verdad. Esta es la primera parte. Algún día estarás orgullosa de mí y verás con alegría que tenía razón. Mientras, piensa que nunca te olvido como no olvido a papá. Dale recuerdos a mis hermanos así como a toda la familia. Para ti todo mi cariño y respeto con un fuerte abrazo y muchos besos de quien simplemente le gusta llamarse

Tu hijo.

La carta a Susana me quedó francamente bien. Y ya feliz me lancé a la calle. Y después de poner las cartas en correos, mi primera tarea fue hacer reservaciones para mi viaje a Roma, incluido el hotel, que estaba muy cerca de la Plaza Barberini y sólo a unas manzanas de la Fuente de Trevi. Hechas las reservaciones me fui a almorzar y a charlar con posibles conocidos al Centro Cubano en la calle Claudio Coello.

Miguel me había informado que era producto del tesón de Julio Lobo, el magnate cubano nacido en Venezuela, pero que era cubano de corazón y formación. Cubano como pocos. Ultimamente se había retirado en Madrid después de un gran fracaso en sus negocios azucareros en Nueva York. E incapaz de vivir sin crear se le había ocurrido la idea del Centro a la que había prestado el prestigio de su figura y todo el aval que sus relaciones representaban.

En el centro me sentí en un pedazo de Cuba. Comenzando por el bar. Allí estaba Pedrito, el del Floridita en La Habana. Cuando lo ví la emoción fue tan grande que salté la barra para darle un fuerte abrazo. El casi no me conoció. Pero no importa. Algunas señoras que estaban allí y que tampoco me conocían deben haber pensado que estaba loco. El mismo estaba un poco sorprendido y tal vez avregonzado de mi demostración. Así es que volví a saltar la barra para situarme como un cliente. Y pedí un daiquirí. Nadie lo hace como él. A mi lado alguien pidió un "mojito". En seguida me arrepentí del "daiquirí" con todo lo que me gustaba, pues vi que Pedrito, con tal de hacer el "mojito" en la debida forma, cultivaba en la misma un un tiesto, la aromática yerbabuena que sólo cuando es fresca da a este trago su verdadero sabor.

Ya en el comedor me senté a comer con dos

79

cubanos que no conocía pero que me invitaron a compartir su mesa al ver que no había ninguna disponible. El menú no distaba mucho del de los restaurantes cubanos de Nueva York o Miami. Yo pedí los consabidos frijoles negros con arroz y ropa vieja con tostones de plátano verde. La atmósfera estaba llena del eco de las voces que hablaban de todo lo divino y lo humano con el inconfundible deje cubano. Pero principalmente de política. De Johnson, de su discurso-renuncia a la presidencia que casi todos alababan. De Franco, de su sucesor, en quien nadie creía. ¡Pobrecito Juan Carlos!, pensaba yo. Y, por supuesto, de Fidel Castro.

De pronto el corazón me dio un vuelco. Sin saber cómo, entró en el comedor acompañada de tres damas más, Lila. Estaba hermosísima. De verde. Me sobrecogí. Ella aun no había reparado en mí. Se sentaron. Como era de esperar —al menos para mí— era ella la que dominaba el grupo con la fuerza de su personalidad. Parece que ya estaban en el Centro desde hacía rato en otro lugar distinto de la barra. Luego supe que había un salón anexo al comedor donde era posible tomar los aperitivos. Ella seguía sin verme. Lo que me complacía pues me permitía admirarla a mi placer y disfrutar el influjo de su presencia. De pronto uno de los cubanos de mi mesa la saludó con gran respeto y circunspección. Luego oí que le comentaba al amigo: Es increíble, cada día luce mejor. Y pensar que ya es abuela de cuatro nietos lo que proclama con orgullo. El otro se limitó a responder: Increíble no, extraordinaria. Tendrías que haberla conocido cuando yo la conocí. Nunca he visto veinte años más esplendentes. Me enamoré de ella como un loco. Pero me rechazó por el que hoy es su marido que creo que nunca la ha hecho feliz. Todos dicen que tiene una querida aquí en Madrid. Pero parece que ella no se da por aludida. En cambio, a mí evita saludarme y sólo lo hace cuando la buena educación la obliga en circunstancias muy especiales. Y nada más yo sé cuanto yo me hubiera esmerado en hacerla dichosa. Hubiera sido como una reina pues es lo que siempre ha parecido. Nunca he podido entenderla. ¿Por qué no me quiso? No sé si se da cuenta pero ha desgraciado mi vida. Me he casado cuatro veces y divorciado otras tantas. Su imagen me persigue. Y aun no he podido resignarme. Con gusto todavía se la quitaría a su marido. Pero sé que es imposible. Y lo más grave es que no se percata de ello. En cambio mi actual mujer, como las otras anteriores, tiene de ella unos celos locos a pesar de ser casi veinte años más joven. ¿Te imaginas? ¡La vida, la vida, qué absurda es!

Yo oía complacido la conversación tan casual e íntima, provocada sin duda por más vino de la cuenta y, absorto, la miraba de reojo tratando de que nadie se diese cuenta. Al fin ella me vio. Se sonrió ligeramente y con una leve inclinación de cabeza me saludó en un momento de distracción de sus amigas. Comprendí que de ahí no podía pasar. Pero por el brillo de su mirada al saludarme me di cuenta de la alegría que le había producido. Pero estaba visto: aquel día no iba a ganar para sustos. Apenas repuesto de la emoción de tener a Lila comiendo cerca de mí, una voz femenina que me pareció conocida resonó en el bar contiguo. Y pronto apareció su dueña, la Emilia del avión, con su marido y otra pareja cubana obviamente. Así supe que aquel matrimonio que había hecho el viaje con nosotros era también cubano. ¡Qué barbaridad, qué chiquito es el mundo! Ella con su actitud de siempre, hablaba animadamente con el esposo de la otra señora que a juzgar por las apariencias era muy conversador y simpático. Sólo en la mesa en que estaba Lila la conversación era tranquila y reposada y todas escuchaban con atención a una señora mayor que estaba con ellas. Mis compañeros de mesa y yo nos enredamos en una larga charla sobre la vida de negocios en Madrid. Por ellos supe que lo de Miguel no era un accidente aislado entre los cubanos. Muchos habían fracasado. Si no que lo dijera "El Encanto" abierto bajo los mejores auspicios y que estaba al cerrar sus puertas. Verdad es que no sé a quien se le pudo ocurrir situar una tienda de departamentos en una calle de mucho tránsito, cerca de José Antonio, y donde había tan poco lugar para estacionar los automóviles. Todo sin contar con que la vida para la clase que va a este tipo de tiendas se ha desplazado del centro, como ocurre en todas las ciudades. Claro que se argüirá que esto lo desmiente el éxito de "Galerías Preciados" y "El Corte Inglés" en el mismo corazón del Madrid tradicional. Pero se olvida que estas tiendas han abierto ya magníficas sucursales en otras zonas de desplazamiento urbano.

Comprobar esto me dio cierta tranquilidad respecto a Miguel. Pero no podía dejar de pensar en por qué no habría ocurrido así en los Estados Unidos —con un idioma e idiosincrasia diferentes— y sí en España donde por compartir la lengua y el modo de ser todo debía ser más fácil. ¿Sería justo por eso mismo? No sé. No tengo bastantes datos para aventurar una opinión.

Cuando mis compañeros llamaron al camarero para pedir la cuenta hice lo mismo pese a las instancias de que ellos me habían invitado. Pero insistí y al fin resolvimos dividirla. Y me fui. Pero antes no pude resistir la tentación de volverme hacia la mesa de Lila y hacerle un saludo con la cabeza que ella respondió con un movimiento de los labios apenas perceptible.

Ya en la calle me encaminé por Goya arriba hacia la calle Conde Peñalver. Me sorprendió el progreso comercial de la vía después de mi anterior visita más de diez años atrás. Pero al llegar a la calle General Mola me vi tan cerca del Parque del Retiro que decidí visitarlo. Entré por la puerta que se abre a O'Donnell. Y despaciosamente deambulé por el amplio paseo. Me sorprendieron los jardines cuidados llenos de flores y descubrí con asombro que estaba afortunado aquel día. Se estaba celebrando la Feria del Libro. Aunque lloviznaba ligeramente, como muchas tardes primaverales en Madrid, el público paseaba por las casetas. Y muchos autores firmaban sus libros a los compradores de la feria. Entre esos autores vi a Guillermo de Torre. No me atreví a acercarme pero lo contemplé de lejos. Mi padre lo admiraba mucho. Emigró de España cuando el problema de la guerra civil y se nacionalizó argentino. Al cabo ya su corazón se había dividido entre las dos patrias, pues muy joven se casó con Norah Borges, la singular pintora argentina y así vino a ser hermano político de ese gran escritor que es Jorge Luis Borges. Cuando lo ví pensé como el tiempo depaupera. No lo había visto personalmente antes. Pero no hacía falta. Bastaba verlo para percatarse de que ya su vida marchaba velozmente a su término. Algo desasido había en su figura, en sus gestos, y no precisamente porque pareciera enfermo. Ni por su obvia sordera. No. Era otra cosa. Era ese aire distante que parece emanar de los que van a morir pronto. Recuerdo como se lo vi a mi padre cuando nada hacía presagiar su repentina muerte. Y siempre me ha preocupado esta capacidad que tengo para sentir esa presencia de la

"Dama del Alba" como diría Casona. Porque nunca esta impresión me ha fallado y siempre que la siento me sobrecojo. En este caso me prometí no traspasar mi preocupación a nadie. Tal vez veía en ello una fórmula mágica para prolongarle la vida a aquel hombre que tantos buenos ratos me había hecho pasar con ese libro monumental que es **Literaturas de Vanguardia**. Posiblemente lo mejor que se ha hecho sobre el tema en este siglo. Permanecí allí aparentemente abstraído contemplando al escritor que amable sonreía a amigos y admiradores. Y ya oscureciendo me alejé por el paseo hacia la salida de Alfonso XII y por Espalter me encaminé hacia el Prado. Y para recordar mis buenos tiempos decidí entrar en el Ritz. Allí había estado cuando mi luna de miel. Todavía conservaba todo el aire de distinción que en dicho hotel siempre ha sido habitual. Pero o bien yo había cambiado o algo "demodé" encontré allí. Era como si de pronto la vida se hubiese paralizado en un cuadro plástico. Me llamó la atención el no ver mujeres solas y jóvenes como en el Hilton o en el Luz Palacio. En cambio sí muchas señoras maduras y distinguidas. Algunas de ellas cubanas que habían fijado su residencia en Madrid, pero que no me reconocieron. Luego supe que este hotel había hecho una cuestión de honor el no dejar pulular por sus salas a las mujeres fáciles prostituidas, pero con apariencia de distinción. Y me pareció encomiable la medida. Tomé nota de ella y decidí que cuando tuviese que aislarme en un ambiente sereno y elegante en busca de viejos recuerdos el marco del Ritz seguiría siendo apropiado siempre que mis recursos me lo permitieran. Y sin saber por qué volví a Lila. Quizá si porque aquel ambiente quieto y de buen gusto era un perfecto marco para su belleza serena, aunque posiblemente demasiado formal para la vivacidad de su espíritu. De allí me fui al Palace. Quería comparar. Atravesé la Plaza de Neptuno y su hermosa fuente y me fui a la rotonda de dicho hotel a saborear un "cocktail". Como siempre, encontré el sitio encantador. Alguien al piano dejaba oír canciones internacionales. Los dulces acordes de "La vie en rose" de la Piaf y las cadencias de Siboney de Lecuona me pusieron melancólico. Mi soledad se acentuó y busqué ansioso como sobreponerme. Anhelaba un alma amiga. De Miguel no había sabido ese día, pero estaba ya tan agobiado y cansado que decidí no verlo esa noche. Debía descansar. Pero estaba al mismo tiempo tan solo que añoraba alguien con quien compartir una cena rumbosa y despreocupada. Las mujeres que vi en el Palace —había algunas asequibles aunque muy disimuladamente— no me parecieron grata compañía. Además había descubierto que el largo recorrido por el Retiro, el Ritz y ahora el Palace no había tenido otro motivo que una búsqueda inconsciente de la posibilidad de encontrarla. Con el mismo pensamiento se me ocurrió que podía irme a cenar al Jockey o al Horcher. Tal vez ella aparecería en alguno escoltada por su marido. Pero cuando imaginé lo que pasaría me atemoricé. Sabía que unos celos horribles me carcomerían y que a la larga sufriría. Y lo que es peor, la haría sufrir. Decidí, pues, cambiar mi rumbo y me fui a cenar a uno de los mesones del Arco de Cuchilleros confundiéndome con turistas y gente del pueblo. Allí, efectivamente, me sentí menos solo. Y tarde regresé al hotel y me dormí como un tronco. Pocos días me quedaban en Madrid y aún tenía mucho que hacer. Recuerdo que fue esto lo último que pensé.

La mañana siguiente amaneció despejada con ese sol tibio que es típico de Madrid en los meses de primavera. Llamé temprano a Miguel. Lo encontré de muy buen humor. Había dado con un joven norteamericano muy bien relacionado al parecer en los círculos de negocios de Chicago, New York y San Francisco que le aseguró que le vendería la empresa en un buen precio. Y con esa versatilidad que en él era característica estaba eufórico. Ya se veía en posesión de unos cuantos miles de dólares y libre para ocuparse de lo que le interesaba: comprar libros, cuadros, cerámicas y beber en una barra con los amigos haciendo cuentos sobre su Cuba querida en los que mezclaba deliciosamente la fantasía con la realidad. Pero yo no estaba para oír sus mentiras inocentes. Sabiéndolo feliz le dije que tenía que ver a otros amigos y que nos reuniríamos para desayunar al día siguiente en el hotel. No le gustó mucho la idea pero aceptó. Yo decidí emplear el día en irme al Escorial en una excursión que pasaba antes por el Valle de los Caídos. Muchos me habían hablado de esta maravilla que aún no estaba terminada —según creo— en mi anterior visita a Madrid. ¡Estaba tan remota! Así que tomé pasaje en uno de los "tours" de la agencia Meliá. Me recogieron en la puerta del hotel y poco antes de las once de la mañana enfilamos la carretera que conduce al magnífico templo en la sierra. Desde lejos la enorme y severa cruz se recortaba contra el azul del cielo límpido esa mañana. Junto a mí iba una americana que había vivido algún tiempo en México y que hablaba bastante español. Era escritora. Había publicado varias novelas históricas. Ahora estaba empeñada en una investigación sobre la figura de Ovando, el conquistador. Nunca pude imaginar que era figura novelable pero ella sí lo creía y parece que tenía fundamentos para ello. Cuando ascendimos por las escaleras hacia la plazoleta que se abre frente al atrio del templo del Valle de los Caídos quedé maravillado por el paisaje. Los pinares inmensos del Guadarrama, los bellos pueblos en lontananza, el maravilloso cielo azul y la pureza del aire me produjeron esa sensación casi religiosa que siempre he sentido ante la naturaleza virgen y que tanto ha contribuido a reafirmar mi fe en Dios. La entrada al templo no fue menos sobrecogedora. Su maravillosa arcada cavada en la piedra, su severidad, el largo vestíbulo escoltado por increíbles tapices, y luego, el templo en sí, me hacían abrir los ojos maravillados como les ocurre a los niños cuando empiezan a descubrir el mundo. Cuando los siglos pasen se considerará esta obra como una maravilla más tal como hoy se contemplan las catedrales de Burgos, Compostela o el hostal de León. Ahora está demasiado cerca todavía la cruenta guerra civil del 36. Y el recuerdo de los prisioneros que ayudaron a construir ese monumento que pretende ser de paz entre los españoles empaña mucho el juicio sobre su valor. Pero yo no pude dejar de admirarlo. Y al salir de allí pensé en Dios y le pedí por la paz y el bienestar de España. Y también por mi tierra cubana hoy tan asolada por el odio, la desesperación y la desconfianza.

Volvimos al ómnibus llenos de la emoción grandiosa del espectáculo contemplado y en pocos minutos estábamos en San Lorenzo del Escorial. La población conserva todavía su hermoso aire castellano con toda la gracia de los bosques ya del otro lado de la sierra y por lo mismo sin la aridez de la meseta. La excursión se detuvo a comer en uno de los restoranes típicos del pueblo. Yo me separé para irme solo hasta el hotel Felipe II donde había pasado unos días encantadores cuando mi viaje de luna de miel. Para no agotarme remontando la colina y ganar tiempo tomé un taxi. El hotel con su entrada bordeada de maravillosas hortensias y el buen gusto de sus salones me recordó el pasado dorado de mi juventud. Inmediatamente me fui a la terraza que recordaba con placer. Desde allí —y en medio de dos tiestos de geranios que hay en profusión— pude contemplar el famoso diseño en forma de parrilla que es la estructura del Monasterio y que recuerda el modo como murió San Lorenzo en defensa de su fe. También allí me sirvieron un ligero refrigerio mientras pensaba en la razón que había tenido Hemingway al tener cuarto permanente en este hotel donde seguramente escribió muchas de sus páginas inmortales. Y todavía pude bajar a tiempo para reincorporarme a la excursión y visitar el monasterio. Pero antes tomé unas fotos.

La visita al Monasterio refrescó mi memoria. Me complací en ver la diferencia entre las dos secciones del Palacio donde vivió Felipe II. La diferencia entre la parte en que vivieron los Austria y aquella en que vivieron los Borbones. Y recordé aquello que luego el guía explicó. Para el impulsor del Escorial él construía un palacio para Dios y una cabaña para el Rey. Para los que luego usufructuaron el reino, los Borbones, acordes con el desarrollo del racionalismo que hace del hombre el centro del mundo, el palacio era básicamente para el Rey. Y así estaba lleno de riquezas.

Al regreso era ya bastante tarde. La vieja americana ponderaba con recto juicio lo visto. Yo me limitaba a asentir y volvía a extrañar a Lila. ¡Qué delicia habría sido recorrer con ella aquellas vastas salas o contemplar aquellos paisajes!

oOo

Al llegar a mi cuarto me tiré vestido en la cama y el recuerdo de aquella mujer maravillosa superpuesto a las experiencias del día me relajó en tal forma que me dormí profundamente. Me despertaron Miguel y su mujer para ir a cenar y luego llevarme al teatro a ver una zarzuela que siempre me ha encantado pues fue la primera que vi llevado por mis padres cuando era casi un niño en el teatro Principal de La Habana. Bien lo recuerdo. Era **Los Gavilanes**. Cenamos esa noche en el Jockey que había cambiado mucho en los últimos años. Siguiendo la política de los restaurantes famosos en muchas partes del mundo tenía ahora más mesas de las que realmente podía acomodar por lo que toda conversación perdía el carácter de privacidad. La atención seguía siendo esmerada —casi demasiado obsequiosa— y la comida tenía calidad aunque no tanto refinamiento como pretendía. Con prisa terminamos para llegar al teatro a tiempo para la última tanda de las once de la noche que devuelve a los madrileños a sus hogares después de la una de la mañana. Miguel quería seguir la juerga. Yo estaba agotado. Así es que le rogué que me dejase en el hotel. Al otro día iba con otra excursión a Toledo. Imposible visitar Madrid sin hacerlo. Aunque no pretendo ser un "hispanófilo", si hay algo en España que merezca un esfuerzo es una visita morosa y llena de atención a Toledo. Esa pequeña ciudad enclavada en el tope de una escarpada colina, bordeada por el Tajo, con sus estrechas calles empedradas, es una joya de arquitectura, de señorío y también de historia. Para mí tiene un encanto irresistible. Nunca olvidaré que la primera vez que visité Taxco en México me acompañó alguien que conocía bien ambas ciudades. Era un gran amigo ya fallecido. Y recuerdo que me dijo: Sólo otra ciudad en el mundo puede compararse a esta pequeña gloria. Es Toledo. Luego tendría ocasión de comprobar que tenía razón. Los que han viajado más que yo me han dicho que hay una ciudad en Alemania que también puede rivalizar con ella. Es Rottenburg. Es posible. Con estos pensamientos me dormí y Lila otra vez estuvo presente en mis sueños. Me veía recorriendo las calles toledanas asido de su mano... Con la vaga esperanza de que mi sueño fuese anticipo de la realidad aquella mañana al despertarme decidí ir a Toledo por mi cuenta y no en excursión. Quería estar libre de no ser llevado y traido sin tiempo para detenerme en lo que quería. Así pues, contrataría un taxi para ir y no me comprometería a la vuelta. Pero el taxista me dio un precio muy alto. Al fin le dije que renunciaba al viaje y que me iría al otro día en una excursión. Entonces, sorprendentemente, me dijo: Si usted se quedara en Toledo por una noche yo le daría un precio especial por el viaje en redondo. Lo miré inquisitivamente. Al comprenderlo aclaró: Tengo a mi mujer en Ciudad Real, muy cerca de Toledo, pasando unas semanas con sus padres. Así tendría la oportunidad de verla y de ver a los chicos. Era vivo: mataba dos pájaros de un tiro. Así nos pusimos de acuerdo en el precio y nos marchamos hacia Toledo. En la salida por Santa María de la Cabeza pasamos por Getafe. El nombre de esta población me recordaba algo, no sabía qué. Luego, ya en la noche, lo recordaría. Es que una vez en La Habana le había oído decir a Mañach durante una de sus visitas a mi padre que él había estudiado en una escuela allí cuando era muchacho y parece que esto se grabó en mi memoria. Por cierto que me sorprendió lo cerca que estaba de Madrid. Contemplé desde el taxi —me había sentado junto al chófer que se llamaba Gaetano— la vasta llanura manchega. La adornaban entonces —como siempre en abril— algunas amapolas al borde del camino y algún que otro árbol se divisaba en la distancia. Pero en general era desolada y triste comparada con otros paisajes. Y con ese pardo color del campo de Castilla que Unamuno ha descrito tan bien.

De pronto, a la izquierda, se abría un camino: una carretera secundaria. Conducía a Esquivias. Ya venía yo pensando en Cervantes y en su hidalgo andando por las tierras que ahora veían mis ojos. El nombre de Esquivias me hizo desear verlo pues con mi buena memoria recordaba que allí vivió un tiempo el autor del **Quijote** con su segunda mujer. De modo que le sugerí al chófer desviarnos. Aceptó complacido, aunque no compartía mi ilusión por visitar Esquivias. Según él me desencantaría. En cambio nos permitiría visitar Aranjuez continuando por aquel camino hacia la carretera de Andalucia. Me agradó el proyecto. Después de todo no eran aún las diez de la mañana y tenía la perspectiva de pasar la noche en Toledo. Evidentemente, comprobé que el chófer tenía razón. Esquivias es un pueblo pobre, pequeño, polvoriento, sin esmero en ningún sentido. Uno se pregunta como es posible que estando tan cerca de Madrid y habiendo vivido allí el famoso Cervantes no se le haya prestado la atención debida. Aunque no sé por qué me sorprende pues lo mismo pasa —al decir de todos— con Alcalá de Henares, más cerca de Madrid y que fue la cuna de su nacimiento.

Más pronto que volando partimos de allí. Yo profundamente deprimido por el espectáculo de aquel pueblo en tal estado de abandono. El chófer feliz por haber acertado en sus predicciones, así cambian los puntos de vista en las cosas humanas. Entroncamos con la carretera de Andalucía en un lugar muy cerca del Río Jarama donde se libró una de las batallas más cruentas de la guerra civil del 36. Y nos dirigimos hacia Aranjuez. Desde la distancia era posible contemplar en la vasta llanura la mancha verde de este pueblo donde los Reyes construyeron un fabuloso palacio de invierno.

Bordeado por el Tajo, Aranjuez es un vergel. Allí el río se remansa y ofrece contra el palacio, de severo estilo neoclásico, uno de los paisajes más bellos de la región. Son famosos los espárragos de Aranjuez y era la estación. Así es que invité a almorzar a mi conductor en alguno de los restaurantes que allí hay. Me sugirió uno junto al río cuyo nombre me hizo gracia. "La Rana Verde». Me atrajo la posibilidad y acepté su indicación. Pero él mismo me sugirió que si antes no lo había hecho no perdiese la ocasión de ver el palacio antes. Si no, tendríamos que esperar hasta las tres porque cierran al mediodía como todo en España para desesperación de los visitantes. Así lo hice y realmente valió la pena. Conducido por un amable guía y en compañía de otros visitantes, recorrí aquellos vastos salones. Las lámparas y los relojes llamaron mi atención. Eran verdaderas joyas. Pero nada comparable —aunque no fuese de mi gusto— al salón chino. Es una sala recubierta enteramente de piezas de porcelana perfectamente ensambladas y en la que cada pieza ha sido colocada allí con precisión que asombra. El dibujo con dragones, flores y otros motivos chinescos responde perfectamente al gusto de la época —en pleno siglo XVIII— cuando todas las cortes europeas pusieron de moda, a imitación de la francesa, lo que se llamó "chinoiserie".

Son también hermosísimos los jardines y algunos muebles sumamente curiosos como unas butacas cuyo respaldo remeda una gran peineta española. Abrumado por tanta riqueza dejé el palacio.

Nos fuimos a almorzar a "La Rana Verde" como ya habíamos convenido. Por supuesto, espárragos trigueros con un cordero asado que realmente no era gran cosa. En cambio valían la pena "las natillas" como en España llaman a lo que los cubanos llaman simplemente "natilla". Y también era reconfortante el excelente Valdepeñas rojo con que rociamos nuestra comida. Yo estaba silencioso. Pensaba en Lila. ¿Por qué tenía que hacer aquel viaje solo? No lo podría entender jamás. En cambio, mi chófer hablaba hasta por los codos. Quejas, básicamente. De todo y de todos. Yo apenas lo escuchaba aunque lo pareciese. Recordaba a Unamuno. **Abél Sánchez** principalmente. La envidia y el resentimiento junto con la soberbia son los tres cánceres que consumen el alma española. También Antonio Machado lo dijo:

Abunda el hombre malo del campo y de la aldea
capaz de insanos vicios y crímenes bestiales
que bajo el pardo sayo esconde un alma fea
esclava de los siete pecados capitales.

Y así volvieron a mi memoria las preocupaciones de Lila sobre el futuro de España. Yo también las compartía oyendo a aquel hombre. Finalmente, después de pagar, nos fuimos hacia Toledo.

Desde aquella carretera desierta pude contemplarla allí en lo alto con sus torres y su alcázar descollando sobre todo. A la entrada, a lado y lado, estaban los puestos ambulantes vendiendo la cerámica española a imitación de la que se hace en Talavera de la Reina, y en otros estilos más sobrios y más propios de la región. El sol había calentado bastante aunque soplaba un airecillo suave que hacía mucho bien. El chófer me preguntó si conocía el Cristo de la Vega y si quería verlo antes de subir. Al recordar la bellísima leyenda de Zorrilla que había aprendido de memoria cuando estudiaba en el Instituto asentí. Trabajo nos costó dar con el hombre que cuidaba de la pequeña capilla y quien nos repitió la historia que ha hecho famosa la obra zorrillesca. Allí estaba el Cristo en la cruz con su brazo caído en señal de acusación. Mientras aquel hombre hablaba yo no podía sino repetir en mi memoria "A buen juez mejor testigo" que con tanta musicalidad describía lo que yo estaba viendo:

> Yace Toledo en el sueño
> entre las sombras confusa
> y el Tajo a sus pies pasando
> con ondas pardas lo arrulla.
>
> El monótono murmullo
> sonar perdido se escucha
> cual si por las hondas calles
> hirviera del mar la espuma...

Y aún embriagado por el encanto poético de la experiencia nos encaminamos a lo alto de la colina atravesando la puerta de la Bisagra. Ya en el parque me despedí del chófer que seguía camino de Ciudad Real con la consigna de encontrarlo allí mismo al día siguiente a las cinco de la tarde.

Ya solo, la sed me abrumaba y además debía

buscar donde pernoctar. Me encaminé a un café frente al mismo parque donde bebí una Coca-Cola bien fría y pregunté al camarero donde podía pasar la noche. Me recomendó el hotel Carlos V a corta distancia de allí. Me dieron una habitación agradable que miraba al río. Y como no tenía equipaje ni nada que guardar salí inmediatamente otra vez. Decidí dejar la visita al Alcázar y otros lugares para el día siguiente. Por la hora no tendría tiempo para ver nada. Así es que me puse a deambular por las calles sin rumbo fijo. Me emocionaron sus recodos, la estrechez de muchas de ellas, la arquitectura, los ornamentos de algunas casas. Es Toledo, para quien morosamente se detenga a mirar, una perfecta síntesis de las culturas que allí florecieron durante los siglos XV, XVI XVII y aún del XVIII, aunque mucho menos. Al lado de los símbolos judaicos y católicos se pueden observar en casi todas partes las huellas moriscas. Las tres culturas conviven allí en muchas formas. Los patios con fuentes y jardines son reminiscencia de los de las hermosas Córdoba y Granada. Los símbolos hebreos aparecen aun en piedra como en la famosa sinagoga. Y el Cristianismo está en todas partes. Muestras preciosas son el convento de San Juan de los Reyes con su hermosísimo claustro, el Convento de la Santa Cruz —hoy convertido en excelente museo— y especialmente su hermosa catedral, cuyo altar mayor, enriquecido con la orfebrería de la plata traida de América, es una joya que nunca podrá admirarse bastante.

Aquella tarde no tuve tiempo de entrar en ninguno de estos sitios pero recorrí admirado sus estrechas callejuelas. Contemplé curioso los escaparates de sus tiendas, vi el trajinar continuo de las gentes, admiré la profundidad y belleza de los ojos de las toledanas y su piel que un antiguo mestizaje —no bien conocido— coloreaba de tintes marfiles y rosa a un tiempo. De una pequeña tienda casi junto a la plaza de la catedral vi salir una rubia muchacha que en otras latitudes cualquiera habría tenido por alemana. Y recordé que Carlos V y sus huestes se habían radicado allí. Mi imaginación voló para hacerla descendiente de alguno de ellos. ¿Por qué no?

Ya de noche me encaminé por las callejuelas empinadas hacia la parte lateral del convento de San Juan de los Reyes. Y me asomé a la terraza que mira al Tajo. Algunas luces indicaban las quintas de algunos afortunados que han podido permitirse el lujo de construirse allí un retiro escasamente a una hora de Madrid. Recordé la obra de Tirso **Los Cigarrales de Toledo** que es el nombre que dan a estas quintas en la región. Al regresar dispuesto a dirigirme al hotel para comer algo y descansar alcancé a ver colgadas en el muro del convento las ofrendas de los cruzados que iban en peregrinación a Tierra Santa o a luchar contra los moros. Al menos así me lo informaron unos toledanos que por allí había.

En el camino de vuelta tomé por la carretera exterior que bordea la colina y topé con un restaurant que llamó mi atención. Se llamaba "Chirón" y tenía una terraza abierta al valle. Entré allí y desde ella pude contemplar la pequeña iglesia del Cristo de la Vega donde había estado por la tarde. Entré en el restaurant y me atendió un mesero que nunca olvidaré. Tenía una cortesanía natural y un modo tan agradable de atender al público —el salón, aunque grande, estaba casi lleno— que no dudé de que allí cenaría bien. Así fue. Probé una sopa castellana que estaba deliciosa y unas perdices al modo toledano que me encantaron. Todo con vino de la casa y un arroz con leche estupendo. Luego me fui a dormir tras el largo paseo. Ya en la cama repasé una guía de Toledo después de arroparme bien porque la noche estaba sobre lo fresco. Comenzaría el día con una visita al Alcázar, luego al convento de la Santa Cruz, después la Catedral, de ahí a la pequeña iglesia de Santo Tomé y a la casa del Greco, a la sinagoga, a Santa María la Blanca, a la casa de Victorio Macho —hoy convertida en museo— y de ahí a San Juan de los Reyes. Como el itinerario que me había trazado era largo di orden de despertarme temprano.

A la mañana siguiente después de haber dormido muy bien me sorprendí de lo poco que había recordado a Lila. El encanto de Toledo me había capturado en tal forma que hasta ella había desaparecido de mi conciencia. Con el primer grupo que se admitió hice la casi ritual visita al Alcázar. Y nuevamente me emocioné con la conversación del General Moscardó con su hijo que fue fusilado por los leales al negarse el padre a entregar la fortaleza. Sean cuales fueren las simpatías políticas de uno —y mis padres habían hecho profesión de fe republicana cuando la Guerra Civil y ayudado a muchos de los exiliados que carenaron en Cuba— nadie puede reprimir la admiración ante la hidalguía y heroismo de este general y de su hijo capaces de entregar lo más preciado en aras de una convicción. Con el alma aun contrita al comprobar adonde puede llegar el salvajismo humano impelido por la pasión política, me encaminé al convento de la Santa Cruz. Allí pude contemplar unos Grecos maravillosos y también la bandera usada en Lepanto donde el célebre Cervantes se incapacitó una mano peleando a las órdenes de Don Juan de Austria.

4. Rumbo...

Me habría gustado detenerme más en aquellas vastas salas pero el itinerario por cubrir era largo. Me fui, pues, a la Catedral. En la plaza que es bellísima ensayaban un ballet que se iba a ofrecer en función especial esa noche en honor de unos visitantes ilustres. Me detuve a ver parte del ensayo e imaginé lo bello que sería aquel espectáculo a la luz de la luna y que la premura de mi visita no me dejaría contemplar. Luego hice un recorrido apresurado por la Catedral, me recreé de nuevo en su Altar Mayor que, como he dicho, es bellísimo. Y reparé en el órgano de la Iglesia que es una obra de arte. Y después de contemplar el claustro y el patio, bien abandonado por cierto, me dirigí a la casa del Greco.

Tenía gran ilusión por hacerlo. En mi viaje anterior había sido imposible. Y Domenico Theotocopuli, que llegó a la fama por el sobrenombre del Greco al punto que pocos recuerdan su nombre, ha sido siempre uno de los pintores que más me ha interesado. Recuerdo que mi padre era íntimo amigo de Luis de Soto, el profesor de Historia de Arte de la Universidad de La Habana, que siempre hablaba emocionado de aquellas figuras alargadas de manos finas. Y de la modelo para la Virgen que había sido su mujer y tras la cual había una triste historia. En aquella época mal podía yo imaginar que alguna vez visitaría la casa del pintor en ese Toledo que él hizo su patria de adopción.

La visita —si bien me encantó por lo mucho y bueno que allí se conserva, especialmente la colección de los doce apóstoles— también me desilusionó porque me pareció la casa un puro hecho turístico con escasa autenticidad. Claro que comprendo que no podía ser de otra manera pero había esperado otra cosa. De todos modos no cabe duda de que allí —por lo menos en aquel sitio físico— vivió el pintor y holló con sus plantas mucho de aquel suelo. Y estoy seguro de que desde la pequeña altura en que se encuentra contempló muchas veces el paisaje toledano que estamos habituados a ver al fondo de sus cuadros.

Al salir de allí me fui a ver de nuevo la iglesia de Santo Tomé para contemplar una vez más el famoso cuadro "El entierro del Conde Orgaz" donde el pintor que tanta fama ha dado a Toledo realizó una de las obras maestras de la pintura universal. Luego de contemplarlo largo rato y de visitar frente a la pequeña iglesia uno de esos pequeños talleres donde se trabaja el famoso adamasquinado toledano y comprar algunas piezas de joyería para regalo, me encaminé por una de las pendientes hacia abajo. Visité brevemente el Convento de San Juan de los Reyes para recrearme con su claustro y de ahí me fui a visitar la casa de Victorio Macho, el famoso escultor, muerto no hace aun muchos años. Su casa es hoy —como la del pintor Sorolla en Madrid— un museo público. Su esposa, sudamericana, aun disfruta de la casa una temporada cada año. Es un placer ver este museo. Desde sus jardines y balcones puede contemplarse abajo la cinta plateada del Tajo y del otro lado sus cigarrales famosos. Lo que hay en el museo es estupendo pero lo que más me impresionó fue la estatua yacente de su hermano excelentemente expuesta en una cripta y el busto de la madre del escultor, realmente admirable.

Pero ya era bien tarde. Así es que me apresuré a una rápida visita a la sinagoga y de ahí en un taxi me fui a la plaza donde había quedado en verme con el chófer la tarde anterior. Mi reloj marcaba las cuatro y media así es que tendría tiempo para comer algo lo que no había hecho en todo el día. Comí unos pinchos de tortilla con unas sardinas y un vaso de cerveza bien fría, pues el calor era intenso y mi sed también. Estaba en el mismo café frente a la plaza. Y cuando ya desesperaba de que el chófer apareciese lo vi deambular un poco desconfiado por el parque. Se le iluminó la cara al verme. Posiblemente había pensado que lo dejaría plantado y no podía culparlo porque el mismo pensamiento había cruzado por mi mente respecto a él. De modo que nos saludamos encantados. Lo invité a una cerveza que aceptó complacido y a las cinco y media ya estábamos de nuevo en el coche.

Al salir por la Bisagra, en el camino de regreso a Madrid, el cielo se presentaba encapotado con esos tonos grises, pardos y malvas que solemos ver en muchos Grecos. Sin saber por qué me invadió de pronto una inmensa melancolía. Y volví a pensar en Lila y en mi familia, principalmente en mi hijo. ¿Cuándo los volvería a ver? Parecía como si por siempre hubieran quedado atrás. Una angustia creciente me envolvía. Otra vez toda mi vida desfilaba ante mí. Y mi nueva amiga se me aparecía como la única tabla de salvación. Ni aun mi hijo representaba tanto. ¿Cómo podría ser?... Ella ¿me recordaría? Estaba seguro de que sí.

El chófer también debía ir inmerso en sus problemas. Dios sabe que habría pasado esa noche entre él y su mujer porque en contraste con el día anterior me dejó tranquilo, absorto en mis pensamientos. Sólo al pasar por Illescas me dijo: Lástima que no tenga usted tiempo para visitar el convento de la Caridad. Hay allí unos Grecos maravillosos al decir de los que saben. Me sorprendió la advertencia y luego recordé que trabajando para el Hilton debía estar acostumbrado a andar entre turistas. Y seguramente había llevado allí a algunos de ellos.

El adivinó mi pensamiento porque sin preguntarle añadió: Yo nunca lo hubiera sabido a no ser por una pareja que me condujo hasta aquí el año pasado. Por cierto que era bien extraña porque ella era obviamente mayor que él. Pero al verlos conversar uno hubiera afirmado que eran de la misma edad. Se veían muy felices. Yo fui tan estúpido —agregó— que no hice la visita con ellos lo que siempre he lamentado. Hubiera aprendido mucho, pues, se notaba que sabían de lo que hablaban. Por cierto que eran cubanos lo que era aún más sorprendente.

Me limité a preguntarle: ¿Por qué? Se turbó un poco con mi pregunta y luego dijo: Porque desde tan lejos ¿cómo podían saber tanto de España y hablar tan buen español?... Me sonreí y sin enojo le respondí: Yo también soy cubano y ya ve como me interesa Toledo. ¿Cree usted que vine solamente a pasar la noche aquí? Mire, en Cuba amábamos la cultura española y la europea tanto como la americana. Y puedo asegurarle que en pocos sitios se estudia tan a fondo como allá la estudiamos. Son nuestras raíces, y no lo olvidamos, como no olvidan los hijos buenos a sus padres. Nunca odiamos a España. Nos independizamos sólo como hacen los hijos que se casan y fundan nuevo hogar. Pero a veces ni los padres ni las metrópolis aceptan el hecho. No olvide que nuestro más grande hombre, José Martí, el apóstol de nuestra independencia, una vez escribió:

> Para Aragón en España
> tengo yo en mi corazón
> un lugar todo Aragón
> franco, fiero, fiel, sin saña.

Aquel hombre no supo que responder. Tal vez a él en lo personal le pasaba algo porque se limitó a decirme: Usted perdome mi comentario. Fue tonto. Ahora me doy cuenta.

A esas alturas del trayecto ya se divisiban las luces de Madrid. Y a la derecha sobresalía, en la carretera de Andalucía, la silueta de un ángel enorme. El me preguntó: ¿sabe qué es aquello? Ante mi silencio dijo: "Es "el Cerro de los Angeles". Dicen que es el centro de la península ibérica. Allí se dio una de las batallas más sangrientas de la Guerra Civil del 36 en que murieron muchos de los dos bandos. Hoy han construido esa basílica en que se recuerda a los religiosos que allí murieron. Y en los días claros es posible ver lo extensa que es esta meseta. Y comprender la famosa frase ¡Qué ancha es Castilla!, como dicen.

Me sorprendió su comentario y su amor a su tierra. Y recordé la frase de Chesterton tan repetida, ¡qué cultos son estos analfabetos!, aunque estaba seguro de que este chófer no lo era. Llegamos al hotel a las siete. Tenía un mensaje de Miguel. Y otro de la compañía de aviación confirmando mi reservación para el doce a las once de la mañana.

Después de irme a mi habitación y pedir un Scotch como siempre para reponer mis energías llamé a mi amigo. Aun no había regresado. Me contestó Adela y me dijo que vendrían a recogerme tan pronto Miguel llegase pero nunca antes de las ocho y media. Tenía tiempo, pues, para tirarme en la cama y allí atravesado descansar por una media hora. Inmediatamente Lila volvió a mi memoria. Apenas un día más me quedaba en Madrid y aunque tenía mucho que hacer pensaba si no sería posible volver a conversar con ella, tenerla cerca otra vez antes de irme. Después de todo, ¿por qué debía ella ser tan exigente consigo misma después de lo que había oído en el Centro Cubano de que su marido tenía otra mujer? Debía convencerla. La mañana siguiente —a todo riesgo— la llamaría. Ya decidido y tranquilo me dormí profundamente por una media hora. Eran las ocho y media cuando desperté. Me di un duchazo rápidamente y bajé al "lobby" a esperar a Miguel y Adela. Me senté en el gran salón a ver desfilar turistas y a las señoras que se reunían allí para esperar a sus maridos. Ya cansado me fui a la barra. Había allí varios cubanos. Todos hablando al mismo tiempo y, como usualmente, alardeando. De la riqueza dejada en Cuba, de sus negocios, de su éxito con las mujeres. Cada uno era un "tenorio". Y no sé por qué tuve la impresión de que uno de ellos era el marido de Lila. Sólo que no hubiera podido asegurarlo pues nada más que lo había entrevisto en el aeropuerto al llegar.

Como todos rebasaban al menos los cincuenta años ninguno me conocía ni yo a ellos. Por eso pude observarlos de un modo enteramente casual, sin llamar la atención. Y mi observación del que yo creía su marido confirmó mis sospechas sobre la tragedia de aquella mujer. Era un hombre aún guapo, sin duda, inteligente y refinado. Pero había en su mirada una opacidad y dureza que delataban un alma calculadora y vanidosa, no con la vanidad material sino con la espiritual que es la peor. Me di cuenta de que estudiaba lo que decía para hacer efecto. Que sus chistes —por cierto muy simpáticos— estaban perfectamente aprendidos y estudiados como un recurso para hacerse el centro del grupo. Que el cuidado de su atuendo era casi excesivo y que apenas se acercaba una mujer joven y bien vestida pretendía él ser quien monopolizara su atención mediante un piropo oportuno. Pero nada en él denotaba aquella profundidad y seguridad que en Lila eran tan obvias. Una cierta vacilación se le transparentaba en los gestos. De pronto se enserió y una como sombra de disgusto le cruzó el rostro vagamente. Y vi que se volvía ceremoniosamente como para recibir a alguien. Lila había llegado. Esta vez vestida de blanco que le sentaba maravillosamente. Su pelo castaño, de reflejos dorados, le enmarcaba el rostro. Pero llegó insegura a él, o al menos así me lo pareció. Se besaron formalmente. Noté que algo del resplandor que siempre la acompañaba había desaparecido. Era como si la sombra de él empañase su brillo. ¿Sería que yo así lo creía porque estaba celoso o porque así era en verdad? Jamás lo sabría. Y a pesar de su cara sonriente y placentera para todos un halo de tristeza la envolvía. Había en ella como una lejanía, un algo como si no estuviese allí. No reparó en mí o lo disimuló muy bien, aunque no lo creo. Sólo después, al llegar Adela y Miguel a recogerme, vi que se conocían ya. Y naturalmente Miguel nos presentó a todos. Confieso que hice cuanto pude para no turbarme cuando le tocó el turno a ellos. Lila debe haberlo adivinado porque con esa intuición y seguridad que tienen las mujeres vino inmediatamente en mi ayuda al decir: Creo que ya nos hemos conocido. ¿No venía usted de Nueva York el día primero de este mes? Recuerdo haberlo visto en el avión. Le dije apresuradamente que sí y me excusé por no haberla reconocido. Es que lucía muy bien esa noche. Pero en medio de mi íntima turbación no pude retener el nombre del marido ni el de ella. Ellos nos invitaron a un trago que Miguel se apresuró a aceptar. Ella se adelantó a decirme. ¿Qué tal lo ha tratado Madrid? ¿Se queda aquí? Yo con velada intención me limité a responderle: No tan bien como hubiese deseado, pero no me puedo quejar. Este viaje ha sido una experiencia inolvidable. Lo que lamento es no poder quedarme. Me voy para Roma pasado mañana. Adela, que era testigo, añadió creyendo literalmente en mis palabras: Ya lo cogió el embrujo de Madrid. Ella y yo sabíamos que no era ese el sentido de mi frase y otra vez me salvó diciendo: Bueno, quizá, en Roma le aguarde una vida más plena. Inmediatamente y con gran vehemencia le riposté: Imposible. Luego me di cuenta del énfasis imprudente que ella corrigió en seguida al decir: Nunca se sabe. Una mirada furtiva se cruzó entre nosotros al momento en que Miguel iniciaba la despedida pues debíamos irnos. Pasaban ya de las nueve y media. Y con un saludo formal dejé atrás aquella experiencia de verlos juntos que tanto había deseado y temido al mismo tiempo. ¡Cuánta razón tenía para ello!

En el taxi iba ensimismado. Tanto que Miguel me dijo: ¿estas cansado? A lo que Adela respondió: Hambriento, seguramente. Pude reaccionar diciendo: ¿Adónde vamos? Al "Horno de Santa Teresa", me dijo Miguel, es uno de los mejores restaurantes típicos de Madrid. Ya lo verás. Aprovechando la ocasión le pregunté como de pasada ¿quién es ese médico que me presentaste a última hora? Tiene una mujer muy distinguida. Se rió y me dijo: Si supieras, lo conozco mucho de la barra del Hilton, pero ¡diablos! nunca puedo recordar su nombre. Ella tiene fama de ser una mujer muy inteligente pero muy retraída socialmente. Incluso dicen que es muy pesada. Yo lo que creo es que no le gusta Madrid. Adela, a quien obviamente no le era simpática, aclaró: Seguramente. Se crió en Nueva York y allí estudió y se siente muy americana. Y le es difícil empatar con la gente de aquí. En cambio él es fascinante. Tiene mucho éxito con las mujeres según dicen. No tanto, exclamó Miguel. Lo que pasa es que lo creen rico. Yo nada dije. Recordaba la famosa copla de Campoamor:

> En este mundo traidor
> nada es verdad ni es mentira
> todo es según el color
> del cristal con que se mira.

Porque para mí ella era la fascinante, la encantadora y él el opaco y el desabrido. Ya en el restorán me encantó el ambiente. Grato sin ser lujoso ni tampoco llamar la atención por el buen gusto. Pero todo limpio y refulgente y con una cierta severidad y señorío. No puedo hacer memoria, por mucho que lo intente, de lo que comí ni de lo que hablamos aquella noche. El recuerdo del encuentro con Lila llenaba todos mis poros y me era difícil concentrarme en nada. Miguel, por alguna razón para mí desconocida, tampoco se sentía muy eufórico. En cuanto a Adela pese a su belleza, algo se había escapado de su encanto. Quizás si porque ninguna mujer —ni aún la más extraordinaria— puede refulgir junto a hombres que no reparan en ella. Y Miguel por su parte y yo por la mía estábamos muy lejos de allí. Sin penas ni glorias completamos la cena y me dejaron en el hotel a las doce y media de la noche.

El día siguiente se presentaba complicado. Debía empacar y hacer todas las gestiones de última hora usuales en tales casos. Quería también echarle un vistazo a algunas librerías. Deliberadamente no lo había hecho antes para no sentirme tentado —conociéndome— a modificar el proyecto perfectamente estructurado que traía desde Nueva York y que abarcaba desde el diseño del establecimiento cuyo local estaba ya alquilado hasta el modo de operar el negocio. Contaba además con la colaboración de un socio italiano que había trabajado por largos años en el giro de libros y él me ayudaría en Roma aunque en esos momentos estaba viajando por Sudámerica precisamente en conexión con la nueva empresa que intentábamos. Las conexiones con España ya estaban hechas y era mejor no removerlas. Algunas experiencias previas me habían enseñado que a veces la gente responde mejor a los convenios escritos que a los verbales. Pero de todas maneras me mortificaba no visitar algunas librerías al menos simplemente para ver. Me sentiría culpable si no lo hacía. Así es que cuando Miguel me dijo que vendría a desayunar conmigo le respondí lo más cortésmente que pude: Mira, como me voy pasado mañana, estaré muy ocupado, así es que mejor nos vemos para cenar. Invito a toda la familia como despedida. Elijan ustedes el sitio. Y tú y yo nos reuniremos antes aquí para tomar unos tragos y discutir algo del negocio que llevo a Roma. Creo que podrás ayudarme. Con este compromiso nos despedimos y agotado y melancólico me fui a la cama. Dormí muy mal esa noche. Una como cierta angustia y desesperación me invadían. No podía apartarme del recuerdo de Lila, de la falta que me hacía y de que en sólo unas horas me alejaría de ella tal vez para siempre. Me sobrecogía pensarlo. No sé por qué. Y volvía a repasar en mi insomio los días pasados y a revivir cada uno de los momentos. A ratos me dormía para despertarme sobresaltado al poco tiempo. Y ella era una obsesión. Como en una película se me aparecía en todas sus facetas. Su intrigante presencia en el avión, su compañía en Lisboa, la maravilla de su desnudez, su entrega casta y apasionada a un tiempo, su lejanía en Madrid, su aire triste esa noche. Sólo pude dormirme profundamente cuando tomé la resolución de llamarla al día siguiente para forzarla —si me era posible— a una entrevista. Después de todo, ¿por qué no podía ella llegar al Hilton y ya allí —sin ser notada— subir a mi habitación? Absorto en la maravilla que esto sería me dormí, por fin, como a las tres de la mañana. Pero mi sueño fue inquieto y lleno de angustia. Debo haber soñado mucho esa noche y no cosas agradables precisamente.

A las ocho y media, aun cansado, estaba en pie. Pedí un desayuno ligero y me puse a empacar. El reloj parecía detenerse en cada minuto. Esperaba llamarla a las diez y para entonces tenerlo todo listo. Soñaba con la posibilidad de tenerla conmigo otra vez aunque me daba cuenta de que era casi imposible. No sabía si lo que deseaba era su hablar tan lleno de luz y sabor o su cuerpo tibio y limpio que tanto placer podía ofrecer. Pero el reloj no andaba, al menos al parecer. Bergson volvió a mi memoria con su idea de la "duración". Y recordé el refrán que dice: "el que espera desespera".

Al fin a las diez, casi temblando, pedí a la operadora su número. Su voz —sin estrenar apenas a esa hora— me contestó. Debía tener el teléfono junto a su propia cama porque respondió al timbre inmediatamente. Un ¡hello!, nada español pero muy musical, resonó del otro lado. Casi musitando le dije: Lila, soy yo, ¿me recuerda? Claro que esto era sólo una frase. Y continué: Perdóneme que la llame tan temprano, pero ya ve que no he faltado a mi promesa. La llamo porque —como de pasada le dije anoche— me voy mañana y quiero despedirme. Pero me gustaría hacerlo personalmente. Al cabo el teléfono es algo mecánico y no es así como debemos de-

108

cirnos adiós. ¿No se da cuenta?... Lila, por favor, te necesito. Sin reparar en ello había vuelto del usted al tú nuevamente... Un largo silencio siguió a mis palabras. Sentí su respiración... También su tensión... Por fin me respondió muy queda: Por supuesto que me doy cuenta. También a mí me gustaría despedirlo personalmente, pero es imposible y usted lo sabe. Ya se lo advertí. ¿No lo recuerda? Lo pasado fue un sueño y los sueños no vuelven. Al menos en la misma forma. Pero no crea, por favor, que no le agradezco su llamada y su ruego y todo lo que va implícito. Pero compréndame. No puede ni debe ser. Sufriríamos más. En cambio, puede estar seguro —si eso lo consuela un poco— de que usted será siempre en mi recuerdo alguien inolvidable que me ayudará a sobrevivir en los momentos de desaliento y cuyo espíritu fino y cuya galantería rememoraré con sumo placer. Además, en mis plegarias siempre habrá un ruego para usted. Y no se ponga demasiado orgulloso, pero usted ha sido para mí una de las experiencias más agradables que he tenido en los últimos años. Que Dios lo acompañe y lo ayude a resolver todos los problemas que tiene y a reorganizar su vida de un modo completamente satisfactorio. Y hasta feliz. Yo así se lo deseo de todo corazón. Usted lo sabe.

Sólo le pude responder: Mi felicidad ya la creo imposible. Quedó atrás irremisiblemente y usted forma parte de ella. Pero no lo lamento. Sea lo que fuere, sin embargo, también para mí usted será "mi personaje inolvidable". Espero que su honda tristeza de la que no habla pero que yo siento no agote sus reservas de vida y alegría. Recuerde que aun tiene mucho que dar y no sólo a su familia. Mientras, que Dios le conserve esa voz, esa feminidad, esa dulzura. Y no lo olvide. Es usted una mujer encantadora y cualquier hombre de sensibilidad puede sentirse feliz a su lado. Ahora, adiós, Lila. No me resigno a perderla pero así tiene que ser. Lo comprendo. Confío en que Dios me ponga en su camino otra vez... Sin duda lo hará, aunque sea en el cielo, no se preocupe. Que tenga un buen viaje y mucho éxito. No olvide que siempre estaré con usted como un hada madrina. ¿Me acepta como tal? Su natural coquetería apareció otra vez. Y sonrientes ya, nos dijimos de nuevo adiós.

Con gran esfuerzo colgué el receptor. Ella no lo hizo primero. Un capítulo de mi vida se había cerrado. Posiblemente también para ella. Pues sentí que en su voz había una como entrega espiritual por lo que su negativa tenía todo el carácter de una renuncia dolorosa. Entonces la admiré aún más. ¡Qué extraños somos los seres humanos! Descubrirme admirándola justamente por negarse a satisfacer mis deseos me dio motivos para pensar largamente y para preguntarme por la conciencia moral en los seres humanos. Pues sin duda tenemos un espíritu con cierto sentido innato de los valores. Si no ¿cómo sería explicable el hecho?

La cabeza me daba vueltas y estaba a punto de estallar y de caer en una profunda depresión. Y volví a recordar a mi padre que —como buen médico— siempre me dijo: Cuando te sientas deprimido jamás te tires en una cama. Vete al aire libre y camina. Camina mucho. Si es posible entre árboles. Si puedes corre un poco. Luego, vuelve a la casa y tírate. Te dormirás. Cuando despiertes ya la vida tendrá otro color.

Seguí su consejo. Y apresuradamente me lancé a la calle. Visité algunas librerías en José Antonio y también por Alcalá y la calle Mayor. Nada vi en ellas que me incitase a un cambio fundamental en mis proyectos, lo que me alegró.

En cuanto a las novedades pocas encontré. En las buenas librerías de Nueva York lo tenían todo. Pues es increíble cuánto han extendido las universidades sus departamentos de español y cuantos buenos profesores hay que impulsan la lectura de todo lo que vale. Pero aun me quedaban otras que ver en el barrio de Salamanca. De modo que tomé un taxi y hacia allí me encaminé. Se repitió la experiencia que había tenido con las otras y poco pude ver que realmente me interesase. ¿O sería que yo estaba muy deprimido para ello? No sé. Pensando que así pudiese ser me dispuse a seguir el consejo de papá y por Serrano me dirigí al Retiro. Ya en los jardines viendo algunos niños jugar y a algunas parejas pasear me sentí melancólico, pero no deprimido. Recordé a mi hijo y, por supuesto, también a ella. ¡Con cuanto gusto los habría tenido a ambos allí conmigo! Pero debía cesar de soñar. El recuerdo de Lila —como todos los sueños— era paralizante. Debía sacudírmelo. Pero, ¿cómo? Volví a recordar a mi padre. También lo que sabía de Freud. Lo que se revive en detalle deja de ser herida que duele y hace daño para convertirse en experiencia con que enriquecer la vida. Pero, ¿cómo revivir la maravillosa aventura tenida con esa mujer extraordinaria, si eso era lo que había estado haciendo todos esos días en Madrid? ¿No habría otro modo? Al cruzar junto a los anaqueles vacíos de la ya cerrada Feria del Libro, como en un relámpago de lucidez, se me apareció la solución. Escribiría tan morosamente como pudiera un recuento de todo lo que me había pasado y de todo lo que recordaba desde que salí de Nueva York día por día y sin omitir nada. Ni siquiera lo baladí. Incluiría aun lo que para nada la tocaba a ella. Me parecía que así me tranquilizaría. Pues, en el fondo, estaba también muy angustiado con mi futuro y con el presentimiento de que no vería más a mi hijo. Bien me daba cuenta de mi angustia. Cuando la decisión de escribirlo todo fue firme sentí que una amplia sonrisa afloraba a mi rostro. Y pensé en lo que una prima mía solía decir en estos casos: "se me había encendido el bombillito".

Rápidamente salí del parque por la puerta de O'Donnell, enfilé la calle Serrano y en la primera casa de artículos de escritorio entré a comprar papel suficiente. Por cierto que hubiera querido de ese papel amarillo corriente que tan a mano se encuentra en todos los Estados Unidos. Pero no lo había. Me tuve que conformar con el papel blanco habitual. Ya con el paquete en la mano continué por Serrano. Sus numerosas tiendas y "boutiques" pasaron inadvertidas. Tanta prisa tenía.

Ya en la esquina de Ortega y Gasset, al volver la mirada a la derecha en busca de un taxi, vi el restaurant "La Fragua". Era el único de la serie con los nombres de cuadros de Velázquez que me faltaba por conocer. Y me hice el propósito de celebrar la cena de despedida esa noche allí, con Miguel y su familia. Y, sin más, abordé un taxi y me fui al hotel. Como tenía ya un poco de apetito bajé a la cafetería y almorcé ligeramente. Ya a las dos estaba en mi habitación entusiasmado por comenzar la tarea proyectada. Llamé a la carpeta con órdenes de que no me pasaran las llamadas que pudiera tener. Y pensé que lo que me había ocurrido en esos días en muchos sentido podría parecer una novela. Y es que la vida sobrepasa siempre los límites de la ficción. Así, pues, debía ponerle un título a lo que escribiese. Sin saber cómo —o tal vez porque respondía a mis más íntimas esperanzas— se me ocurrió éste que inmediatamente me puso a meditar: **Rumbo al punto cierto**.

¿Por qué al punto cierto? ¿Qué habría en Roma, a la que apenas conocía, que me inspirase tal certidumbre? A buen seguro que no lo sabía. Sólo tenía la convicción de que allí iba a anclar definitivamente mi vida, sin más dudas o angustias. Una infinita paz me invadió el alma y con ese estado de espíritu me enfrenté a las páginas en blanco. Contra mi costumbre y a pesar de tener allí mi maquinita, decidí escribirlas a mano. Sentía que así podría abstraerme y recordarlo todo mejor. Además, sabía que no podría terminar esa tarde por mucha prisa que me diera, de modo que tendría que continuar en el avión y, tal vez, en Roma. Así me puse a la tarea. Me sorprendió la facilidad con que las palabras fluían y los menores detalles venían a mi memoria. La primera frase estaba allí. La escritura se deslizaba rápidamente y recordé con gratitud a mi profesor de Caligrafía. Aquel Antonio Acebal, que me enseñó el arte de escribir bien y rápidamente. Debe haber muerto hace muchos años porque ya era un viejecito retirado cuando, por complacer a mi padre, me enseñó el sistema Palmer. Y continué escribiendo...

oOo

Esta mañana me he despertado muy temprano. Estoy nervioso. Hoy es el día definitivo de mi partida. Anoche acabé a regañadientes lo que antecede obligado por mi compromiso con Miguel. Después de escribir febrilmente toda la tarde hasta el punto de olvidarme del reloj, a las ocho y media me llamaron de la carpeta para decirme que mi amigo estaba allí. Me sobresalté.

Ni siquiera recordaba lo que le había dicho. Afortunadamente venía solo. Su familia se nos reuniría a las nueve menos cuarto. Tenía, pues, un cuarto de hora para prepararme. Le dije que subiera y guardé apresuradamente las cuartillas en mi portafolio, junto con la carta que días antes había escrito a mi madre. Tomé un baño, me vestí y a tiempo estábamos abajo. Desde que lo vi, la cara de Miguel no me gustó. Parecía preocupado de nuevo. Las noticias de Chicago no eran muy alentadoras. Pero él intentaba disimular su ansiedad. Bebía y hacía chistes. Yo no podía dejar de pensar en el augurio del astrólogo sudamericano. ¿Estarían nuestras vidas tocando el punto final? La ducha me había hecho bien, me había vuelto a la vida y a la confianza, pese a la preocupación por la cara de mi amigo. Y mientras esperábamos a las mujeres lo sorprendí diciéndole: ¿Dónde vamos a comer? No sé. En Breda, supongo —me dijo sin entusiasmo—. Está aquí al lado, según recuerdas. Tengo otra sugerencia, le respondí. Nos iremos a "La Fragua". Es el único restaurante con el nombre de uno de los cuadros de Velázquez que no conozco. Me miró sorprendido. Yo añadí: Hoy cuando pasé por Ortega y Gasset y Serrano lo vi y decidí tener allí nuestra cena. ¿Qué te parece? El asintió un poco desvaídamente. Adela y la hija llegaron. No así los demás. Miguel me aclaró que estaba muy cansado y no de talante para cenar con todos los muchachos. En cambio, la niña era ya una persona mayor con quien se podía hablar de todo. La vi tan sorprendentemente bella que no pude menos que decirle al padre: Tienes que cuidarla bien, te la llevan en cualquier momento. El se vio complacido y me dijo con su espontaneidad de siempre: Muchacho, los gavilanes están en acecho, lo que pasa es que me conocen y saben que tendrían que enfrentarse conmigo. Madre e hija sonrieron, aunque con diferente tono.

Ya en el restaurante nos sentimos felices y tristes al mismo tiempo. Alina ponía una nota de alegría con su juventud radiante. De pronto pensé que al padre tal vez no le habría parecido mal que yo la enamorase. Pero ya era tarde. Me iba al otro día. Además, con toda su belleza y juventud no podía opacar el recuerdo de Lila. Ella casi no habló. La sentí turbada. ¿Habría ella también pensado en mí? Todo podía ser. En Adela era fácil descubrir una angustia secreta y una honda preocupación que disimulaba muy bien. Y a pesar de la belleza de su hija no quedaba empañada, pues la suya, de un carácter distinto, pero más fina y reposada, refulgía con su discreción y elegancia.

Miguel, después del cuarto Scotch, empezó a hablar hasta por los codos. Continuamos la conversación iniciada en el hotel sobre el proyecto de negocio que llevaba a Roma y que, al menos en el papel, parecía redondo. Todo lo tenía planeado. Organizaría una editorial de libros en español que cubriese toda Europa. Aunque España estaba allí para competir yo vivía convencido de que Roma era más internacional, menos provinciana. Además, el renacimiento de la literatura de habla hispana era tan obvio en los últimos veinte años que aun Italia podía ser un buen mercado sin tener que rebasar sus fronteras. Ya me habían prometido excelentes manuscritos muchos profesores y escritores que radicaban en Nueva York, en Boston y en otros lugares de los Estados Unidos. Tenía además la ilusión de reeditar algunos de los clásicos hispanoamericanos cuyas obras estaban agotadas. Comenzaría por las leyendas de la cubana Gertrudis Gómez de Avellaneda que tan pocos conocen y que fueron anteriores a las de Bécquer. También reeditaría algunas de las obras de los hermanos Henríquez Ureña, Pedro y Max, de Santo Domingo. Y soñaba, igualmente, con una edición crítica de la obra de Antonio Machado, pues la que hay se resiente de falta de cuidado en la confrontación de los textos. Y me entretenía en pensar que podía repetir la hazaña de Ortega estableciendo un gran centro de traducciones similar al de la Revista de Occidente. En fin, que ya en vísperas de irme volvía a la realidad y a mi futuro.

Lo ocurrido era un interludio que me había confirmado en mi plena madurez. Mi padre como sombra había quedado atrás. Mi madre en su justa posición. Mi hijo donde debía. Y yo con una nueva riqueza interior por la cual la mujer que eligiese en el futuro tal vez no sería una belleza deslumbrante, pero sí, con toda seguridad, una mujer madura emocionalmente. Yo estaba ahora cierto de que nunca más resentiría esas cualidades.

Todo esto pensaba mientras Miguel me hablaba entusiasmado del proyecto y me ofrecía muchas ideas para coordinarlo que yo agradecía profundamente. Por un instante tuve la impresión de que su entusiasmo nacía, no sólo de la amistad que me tenía, sino también de la esperanza de tener un refugio adonde acogerse cuando todo le fallase como al parecer presumía. Pero, por supuesto, nada me dijo al respecto.

Cuando terminamos la cena fuimos andando despacio y charlando hasta mi hotel. Allí nos despedimos. Adela y Alina afectuosas, incluso me besaron. En cambio, cuando Miguel y yo nos abrazamos debemos haber tenido los dos la misma impresión: que sería nuestro último abrazo, pues vi que él apenas podía reprimir sus lágrimas. Y lo mismo me pasaba a mí. Como una flecha volvió a cruzar por mi imaginación la predicción del sudamericano. Y los pelos se me pusieron de punta. Casi sin mirarnos nos dijimos adiós y nos separamos. Ellos tomaron un taxi y yo subí a mi habitación completamente derrumbado...

Sólo el recuerdo de Lila daba a mi vida algún sentido y le abría una esperanza. No podía entenderlo, pues sabía el episodio cancelado. ¿Cómo podía ser entonces mi única esperanza? Realmente estaba perplejo. Pero decidí irme a la cama y no pensar, o mejor, no cavilar más. Como debía levantarme temprano para liquidar la cuenta del hotel y terminar de empacar las pocas cosas que quedaban y, además, estar en el aeropuerto a las diez de la mañana hice lo que nunca hacía: tomarme un Valium de cinco miligramos para dormir bien, no sin antes encargar a la carpeta que me despertasen a las siete. Y para relajarme me puse a leer lo que había escrito por la tarde, pero me quedé dormido antes de terminar. Y dormí como un tronco, pero con un sueño intranquilo, no natural.

A las siete me sobresaltó el timbre del teléfono. Recogí todo. Guardé las cuartillas con la carta en la carpeta de mano y bajé a desayunar en la cafetería. Y después de liquidar la cuenta y distribuir las consiguientes propinas di órdenes de llamar un taxi que me llevase al aeropuerto. Antes de irme me dijeron que tenía una llamada de Miguel. Pero no quise reclamarla. Lo llamaría, si tenía tiempo, desde el aeropuerto. Quería evitar la posibilidad de un reencuentro. Sabía que hubiera sido una experiencia dolorosa.

Ya en el aeropuerto después de despachar el equipaje y pasar por la aduana, aun tuve tiempo de ir al restaurant para tomar un café cortado.

Al llegar allí el corazón me dio un salto. Me sorprendió ver a Lila. Sola, al parecer. Me miró sonriendo. Sin duda me estaba esperando porque me invitó a compartir su mesa. Vestía de color lila y estaba bellísima, aunque lucía cansada y con los ojos opacos. Nunca la había visto así. Un poco amoscado la miré. Muy calmada me dijo: No se preocupe. Vengo habitualmente aquí a despedir a muchos amigos. No llamo, por tanto, la atención. Y usted fue tan gentil ayer al no insistir, que le debía una despedida más cordial y cálida. Por eso estoy aquí... Es triste irse o llegar sin alguien para decirnos adiós o para recibirnos con un gran abrazo. La caridad, usted lo sabe, tiene muchas formas y todo amor es siempre —cuando realmente lo es— un acto de caridad. La miré en lo hondo y me vino a la memoria un libro bellísimo que mi padre apreciaba mucho y que me parece que muy pocos han leído: **Amor y mundo**, por Joaquín Xirau, el filósofo catalán, quien murió en un accidente en México estando exiliado de su España amada, sobre todo de su valle del Ampurdán que a él le gustaba tanto recordar. Nunca lo olvidaré en su visita a La Habana, describiéndole a mi padre las bellezas de la región mientras almorzaba en mi casa un día. Y al pensar en este libro me preguntaba mentalmente si lo habría leído ella que permanecía callada y casi sonriente mientras me miraba pensar. Luego, con cierta coquetería, me dijo: Si no es un secreto, ¿puedo saber en que pensaba? Me sonreí y le respondí: En nada realmente importante. Quizá en mi padre de nuevo. No es cierto, ripostó. Si algo es visible ya en usted es que se ha liberado de su sombra. ¿Por qué no me dice en qué pensaba? Sonriendo le aclaré: No es un secreto. Recordaba un libro de la biblioteca de papá escrito por un filósofo español: Joaquín

Xirau. Y me preguntaba si usted lo habría leído...
¿Se refiere a **Amor y mundo**? Por supuesto que
sí y ahora sé por qué lo pensó. ¿No es por lo que
le dije que todo amor es una forma de caridad?...
Mi asombro no tenía límites. ¿Qué tenía aquella
mujer que siempre podía coincidir en mi camino
interior de modo tan oportuno? De pronto pensé
si sería posible que de algún modo misterioso el
espíritu de mi padre bajase a ella. Y me sorprendí al darme cuenta de lo imposible de mi idea.
Pero me confirmé en el criterio de que así como
él había sido la imagen del hombre perfecto
—aun con sus debilidades— ella lo era de la mujer perfecta también. ¡Y pensar que podía ser
mi madre! ¡Y qué encantadora estaba! La miré
arrobado. Ella, pudorosamente, desvió su mirada
hacia el campo de aterrizaje. La llamada del altoparlante nos volvió a la realidad. Era la última
llamada para tomar el avión hacia Roma... Nos
miramos profundamente. Nos callamos. Y nos
dirigimos juntos a la puerta de embarque. Ella
no podía seguir conmigo. Sin pensarlo nos abrazamos fuertemente. Le di un beso formal, pero
que decía mucho, y ella lo devolvió igualmente.
Vi brillar lágrimas en sus ojos y no sé si ella
pudo percatarse de las mías porque traté de
ocultarlas. Y bruscamente —¿cómo desprenderme de otro modo de sus brazos?— sin volver la
cabeza, me encaminé hacia el avión. No la vi
más. Pero sé que aun está en mí y estará siempre mientras viva. ¡Qué mujer!

Al subir la escalerilla del avión sin mirar hacia
atrás —no quería hacerlo— recordé cuando doce
días antes había hecho lo mismo en Nueva York.
Entonces una como campanilla tintineaba en mi
alma anunciándome que algo muy grato me pasaría. Y me sentía alegre y confiado como un
pájaro. Doce días —que ahora parecían una vida

entera— habían bastado para cambiar totalmente mi panorama interior. Durante ellos había madurado tanto que yo diría que había envejecido. Y había sido por primera vez feliz. Feliz a plenitud por algunas horas sin resquicio para la más leve amargura o preocupación. Probablemente Lila nunca lo sabría, pero ya me podía morir tranquilo. Por ella había sabido lo que es vivir, lo que es madurar, lo que es reposar plenamente en otro ser. Lo que es ser un hombre, en suma. Y todo del modo más simple. Por ella había podido asumir la recta actitud frente a mi madre, frente a mi ex-esposa, frente a mi hijo. Por ella, en fin, me sentía ya independiente de la figura de mi padre y libre, por tanto, para volar solo hacia mi meta con todas las amarras que me entorpecían el camino dejadas atrás. Otra vez una aguda conciencia del tiempo me asaltó. ¡Qué diferente valor tienen las horas —no ya los días o los años— según los vivamos! Por eso tenía tanta razón Antonio Machado cuando dijo: "Hoy es siempre todavía". Eso explica que al tomar el asiento en el avión que me llevaba a Roma mi actitud fuese muy distinta de cuando dejé Nueva York. Entonces estaba abierto a toda experiencia. Interesado en lo que me rodeaba. Ahora iba encerrado en mí. Me sentía deprimido. Un como profundo desaliento me invadía. Poca atención presté por eso a los pasajeros. Traté de distraerme antes y después del despegue mirando por la ventanilla. El cielo estaba gris y plomizo como es frecuente en esta época del año en Madrid. Se avenía bien con mi estado de espíritu, pues me sentía casi de duelo. ¡Tan "gloomy" estaba! No me podía hacer a la idea de que dejaba a Lila atrás tal vez para siempre. Me parecía imposible. Que veinticuatro horas puedan cambiar de modo tan radical un ser humano es uno de los milagros que nunca podré entender. De nuevo todo el episodio vivido en esos días volvía a mi memoria y estaba impaciente por continuar escribiendo. No veía las santas horas de que el avión alzase el vuelo para abrir mi portafolio y continuar. Me consolaba, y mucho, recrear todo lo ocurrido y pensado en esos días en que el recuerdo y la presencia de Lila —aun por su ausencia— habían sido el más fuerte estimulante vital que he tenido. Por cierto que al pensar en esto del estimulante recordé a Juan, un amigo peruano que conocí en Nueva York, que era adicto a la heroína y a la cocaína. Siempre quiso que yo las probase sin lograrlo nunca. En su opinión vería que no hay distensionador o relajante que proporcione tanto placer corporal o físico ni tanto bienestar como la heroína. Todas las preocupaciones desaparecen así como las pequeñas molestias. Y decía mi amigo que uno se sentía flotar en la vida de tal modo que por primera vez creía que uno era casi parte de la naturaleza. Y que con la cocaína el efecto era completamente diferente. Era un estimulante maravilloso. El primer síntoma era un agitarse el corazón y una sensación de calor agradable en todo el cuerpo principalmente en las partes más sensibles. Y, simultáneamente, una sensación de agudeza en todos los sentidos y tal estado de alerta en la conciencia que uno se sentía de pronto mucho más inteligente y poderoso. Lo malo era que ambas drogas eran muy adictivas. La heroína, físicamente, pues el cuerpo se acostumbraba pronto y uno se sentía muy enfermo si no la tenía. El comprendía que hubiese quien robara, o aun matase, por obtenerla. Tan insoportable era el malestar que producía su falta. Y él no creía lo que se decía que la cocaína no era adictiva. Sólo que de otra manera. Producía una fuerte adicción psicológica. El que la usaba tenía bajo su efecto tal sensación de potencia, tal sentimiento de importancia, que tendía a repetir la experiencia siempre que podía. Pero, otra vez repito, nunca logró Juan que yo me sumase a su experiencia ni a su grupo que se reunía en un hermoso apartamento, bien cerca de Harlem y de la Universidad de Columbia, durante los fines de semana o "week-ends" como allí los llaman. Y tal vez si porque yo veía que mi amigo, pese a su indudable talento literario, poco había hecho y pocas auténticas satisfacciones tenía en su vida. Incluso alguna vez hablaba de suicidarse después que rebasara los cuarenta años, para él la despedida definitiva de la vida. Y, ahora, yo pensaba: Si él hubiera conocido alguien como Lila nunca se le habría ocurrido tal cosa. Mientras estaba inmerso en estos pensamientos el avión despegó. Dejé atrás Madrid y enfilamos rumbo al este. Pronto estábamos sobre la vasta llanura manchega. Las colinas de Toledo quedaron atrás. Y también el Tajo. Y la cinta plateada del Ebro se vio aparecer. Y las tierras fértiles de Cataluña y sus pequeñas y doradas playas, no bien visibles aquel día que prometía no aclarar sino oscurecerse por momentos. Las Islas Baleares que habitualmente se destacan con su nítido perfil en el incomparable azul del Mediterráneo, estaban invisibles. Yo apenas reparé en ello. Me mantenía informado por los partes del capitán de la inclemencia del tiempo. Mientras, iba absorto escribiendo todo lo que podía recordar después de mi despedida de Lila, cuyo recuerdo, bien me daba cuenta, se iba haciendo obsesivo. Desde que el avión despegó no he hecho otra cosa que escribir desesperadamente como si el tiempo me fuese a faltar. Y con una fruición incomparable. Con toda seguridad nadie lo podrá calibrar. Pero es que para mí mi vida toda, toda, está ligada a ese recuerdo. Es como si el pasado se hubiese concentrado en él y como si el futuro se hubiera cerrado para siempre ahora que estamos casi llegando al aeropuerto de Roma, donde pienso hacerme una nueva vida, Dios mediante......

SEGUNDA PARTE

Aquella tarde de abril la rosaleda del Parque del Oeste en Madrid resplandecía en toda su belleza. Se estaban efectuando los preparativos para el concurso internacional de rosas que allí se celebra cada año y que atrae a los más destacados cultivadores de Europa y de América. Es increíble la cantidad de rosales que allí se acumula. La rosaleda es entonces un verdadero paraíso para los ojos y para el olfato. Pero sólo de abril a junio. Ya después, el intenso sol de la altiplanicie castellana y la falta de lluvia durante el estío, marchitan aquel edén. Pero mientras dura es un placer recrearse en su contemplación. Ante las bellas fuentes que adornan el lugar —una sección del famoso Parque del Oeste al fondo del Palacio Real— las rosas de mil diferentes matices dan una sensación de belleza y majestad incomparables. Junto a variedades de todo tipo erguidas en su tallo, pueden verse enredaderas de rosas colgantes. Al lado de pequeñas rosas miniatura es fácil encontrar grandes rosas que por su tamaño recuerdan a las peonías. Y de colores que van desde el blanco puro, como la nieve sin hollar, hasta el casi negro de algún rojo muy intenso. En lo intermedio puede gozarse de casi todos los tonos. Allí la rosa amarilla con su profunda altivez, la anaranjada como rara especie, la rosada de mil matices, desde el rosa-té —tan delicado— hasta la agresividad de la que llega casi al color fresa. Allí también la rosa morada y aun una variedad azul que alguna vez obtuvo el premio extraordinario. También una rosa verde, de suave color —como el de ciertas manzanas— y que invita a la ternura. El jardín aquella tarde de abril era un lujo para los ojos y para el corazón.

Desde el balcón de su piso en la calle del Pintor Rosales, frente a la rosaleda, una mujer contemplaba el paisaje con aire desvaído y pensativo. Su pelo castaño se tornaba dorado bajo los rayos del sol. Y su aire compuesto y su traje claro daban una sensación de frescura y serenidad. Pero era visible en su rostro una profunda melancolía y un ojo perspicaz habría visto aletear cierta angustia en sus pupilas y cierta alteración en el ritmo de su respiración, aunque nada en su atuendo bien cuidado denotase el más ligero síntoma de desaliento. Miraba a la distancia. Pero ¿realmente miraba?...

El funicular cercano hacía uno de sus viajes habituales desde el Parque del Oeste hasta la Casa de Campo. La rosaleda, en medio, añadía una nota de color con los pinares al fondo. Las alturas de la Moncloa impedían o limitaban la contemplación de la Sierra del Guadarrama que se recortaba en la distancia en un tono azul-gris. A la izquierda la fachada posterior del Palacio de Oriente era visible. Y los coches en hilera interminable se apiñaban en la avenida. Gente de todo tipo entraba y salía del parque al igual que muchos automóviles. Era refrescante el paisaje. Pero la mirada de Lila —era ella la mujer vestida de color malva— se perdía en el vacío. No parecía poder concentrarse en nada. Una desazón profunda la inquietaba. De pronto se volvió hacia dentro y se dejó caer en una poltrona cubierta de cuero blanco. En contraste con muchos otros salones madrileños aquel era muy moderno aunque clásico al mismo tiempo. Rara combinación que pudo haber producido un conjunto de dudoso gusto pero que, en aquel caso, había podido salvar los escollos de la vulgaridad o del "neoriquismo". Se había intentado y logrado una interesante armonía uniendo materiales y estilos muy disímiles: mimbre, mesas cromadas, sofás tapizados en terciopelo labrado, cuero, cortinas también de terciopelo excelente, y muchas plantas. La atmósfera del salón era grata a la vista, serena, refrescante y acogedora al mismo tiempo. Tenía ese aire de intimidad del salón en que realmente se vive. Dos bellas reproducciones de Chagall y otras dos de Miró convenientemente enmarcadas, mas un hermoso óleo de Iolas y otros del pintor cubano Serra Badué, testimoniaban de los intereses y buen gusto de sus dueños.

Lila, después de descansar un rato con los ojos semi-cerrados, llamó a la sirvienta y le pidió un té. Esta le ofreció también unas pastas pero ella rechazó la oferta. Y tan pronto la sirvienta fue por el pedido puso la radio otra vez. Lo había hecho muchas veces a partir de las cuatro y media de la tarde cuando había oído por primera vez la noticia que la tenía inquieta. Nuevamente repitieron el parte sin añadir nada que calmase su inquietud. La noticia decía escuetamente que un avión que había partido de Madrid poco antes del mediodía había sufrido un grave accidente al aterrizar en el aeropuerto Leonardo de Vinci. Había muchos pasajeros heridos y quemados y se creía que habían muerto sólo unos pocos. Seis era la cifra que daban hasta entonces. Todavía era pronto para dar la lista de los desaparecidos. Y se demoraría porque algunos cadáveres estaban tan carbonizados que era difícil la identificación. Lila escuchaba aterida, nerviosa. Una terrible premonición le decía que su amigo era una de las víctimas. Pero ¿cómo podría saberlo si ahora se daba cuenta de que nunca había sabido su nombre? El juego había salido mal. El incentivo de la **aventura sin nombres**, sólo enfrentados un hombre y una mujer —como en el drama de Tirso o como en la película "A man and a woman"— cobraba su precio, como todo en la vida. Se maldijo mil veces por esta falta de curiosidad suya, por lo que ella se reprochaba como una ligereza o una frivolidad. Y razonaba después que no era cierta tal ligereza. Porque en muchas ocasiones en su vida —ésta no era la primera— había sido incapaz de responder preguntas obvias acerca de la vida de sus amigos más íntimos precisamente por esa aparente falta de curiosidad que, de verdad, no era sino un signo de su respeto, que rayaba en lo sagrado, a la vida privada de los demás. Porque era su convicción que de esta falta de respeto básica dimanaban muchos de los males de la vida moderna en la relación social. La libre expresión de los sentimientos, que a veces puede consistir simplemente en callarse, se veía coartada por la continua inquisición, por la curiosidad sana, o malsana, o por la coerción de la mayoría. Víctima en sí misma de esos males muchas veces había decidido desde muy joven no incurrir en el pecado. Y tan fiel había sido a su íntima promesa que ahora se veía privada de poder hacer las investigaciones consiguientes por no saber el nombre de su amigo. ¡Era ridículo! Como siempre, en el pecado se lleva la penitencia. Y los excesos se pagan. Bien lo había advertido Aristóteles con su teoría del justo medio. La cabeza le daba vueltas y no hallaba el modo de salir de sus dudas. Comprendía su error. No tenía modo de indagar quién o quienes habían muerto y si él estaba entre ellos. Al pensarlo, un estremecimiento de pavor le recorrió el cuerpo y se le helaron las manos. Pero trató de reponerse, y lo logró, al menos en la superficie.

Aquella tarde, al llegar su marido al anochecer, la encontró desalentada y como triste. Y, solícito, le preguntó: ¿qué te pasa?, después de besarla como siempre, muy formalmente. Ella se limitó a responderle. No sé, tengo malos presentimientos. Me siento como asustada de algo que fuera a pasar y que no sé lo que es.

Uno de sus hijos que la oyó desde el comedor cercano dijo: ¡Ah, mamá, no seas boba, siempre estás con las mismas tonterías! El padre, sintiéndose apoyado, corroboró: ¡Idioteces!

Ella se recompuso y ordenó servir la cena mientras tomaba un jerez con su marido como de costumbre. Pero la procesión seguía por dentro. La comida se desenvolvió con absoluta naturalidad. Sólo ella, en su fuero interno, continuaba inquieta. Pero con aquella habilidad y disciplina que siempre había tenido para ajustarse a su deber y a lo que de ella se esperaba nadie pudo percatarse de su real estado de ánimo.

Los días que siguieron fueron de infinita angustia. Ninguna nueva nota en los periódicos ni una pequeña alusión siquiera en los círculos amigos. Lila se sentía desorientada. Iba más que nunca a la iglesia y rogaba a Dios por la paz interior y por la verdad que la serenase. Nunca, tampoco, había visitado tanto la casa del Centro Cubano en Claudio Coello como entonces. La animaba la esperanza de oír algún comentario, de "pescar", incluso, alguna indiscreción. Pero nada, nada lograba saber. Nada se sabía o sabía ella, por mejor decir. Era como si todo se lo hubiera tragado la tierra: a él y al accidente. Verdad era que en aquellos días la comunidad cubana de Madrid estaba conmocionada y como absorta y contrita por el suicidio de un hombre bastante joven, de sólo treinta y ocho años que —como Larra y tantos otros— había desaparecido de la vida por la puerta falsa de un pistoletazo. Como estaba lleno de vida, reía siempre, era muy inteligente y simpático, y tenía una esposa joven y bella, cuatro hijos hermosos y brillantes y, además vivía rumbosamente, nadie se explicaba el hecho.

El suceso era tan insólito que llenaba todos los poros de la sensibilidad de los cubanos residentes en la capital española. Nadie hablaba de otra cosa. Así, ningún otro hecho parecía poder permear la preocupación o sentimiento de la colonia cubana.

Lila estaba desesperada. Era como si una espesa muralla de silencio se hubiera alzado entre ella y su amigo. Pero el suicidio del joven cubano la había reafirmado en su oscura, triste y fatal premonición... Porque el suicida era el mismo señor —ahora lo precisaba— que le había presentado a su amigo, a ella y a su esposo, en la barra del Castellana-Hilton, sólo unas noches atrás. Era Miguel Junquera. Parecía como si el destino se empeñase en ahondar y cerrar el misterio tras una cortina impenetrable. Porque era este hombre el único a quien ella hubiera podido preguntar hábilmente por su amigo "sin nombre".

Por eso su sólo refugio en aquellos días fue la iglesia. Pero prefería una lejos de su casa. Eso explica que se la viera frecuentemente en la de la Concepción, en Goya y Núñez de Balboa. Se sentaba allí largo rato la mayor parte de las veces y parecía como ensimismada. Es que, sin saber por qué, tenía en aquellas semanas unas ganas infinitas de rezar. Y en sus plegarias se descubría rezando por su amigo como si estuviese muerto. Se recriminaba luego por ello, pero siempre volvía la oración a sus labios...

oOo

Poco a poco fue acostumbrándose a la idea de que nunca más sabría de su amigo. Y como ocurre siempre en la vida ella misma se sorprendía de su casi olvido. El tiempo había cumplido una vez más su lenta labor de maceración y depósito. Y Lila dejó de sentirse atormentada y angustiada. Una dulce serenidad le bañaba siempre el semblante. Los que la conocían se percataban de que cierta vivacidad que en ella había sido siempre peculiar había desaparecido. ¡Quizás para siempre!

Pero, de cuando en cuando, el episodio de su aventura con todos sus incidentes volvía a su memoria y hacía aflorar una dulce sonrisa a sus labios... Quien la viera entonces sorprendería un resplandor, una vitalidad y una brillantez en su mirada nada comunes. En aquellos momentos sus ojos podían parecer los de una chiquilla de vuelta de su primera aventura amorosa. Pasado el relámpago del recuerdo, sin embargo, la mirada volvía a lo que era regularmente ahora su matiz habitual: a una infinita melancolía.

El invierno pasó ese año sin mayores incidentes. Las navidades —en otras ocasiones tan alegres para ellos— fueron aquel año poco estimulantes y casi desagradables. Al menos, así las sintió Lila. Verdad es que a ese tono depresivo colaboraron el tiempo especialmente ventoso, húmedo y desapacible. Y también que su hijo casado en América no había podido venir con su familia como había prometido. Y otro de los hijos les había pedido permiso para pasar las vacaciones pascuales en los Altos Pirineos de Gerona con un grupo de amigos. Permiso que ella y su marido concedieron de buen grado —pese a que con tristeza— porque siempre habían creído firmemente en dos postulados en cuanto a la crianza de sus hijos: Uno, en no hacerlos demasiado dependientes para no estorbar el proceso hacia su madurez; y dos, en creer que la juventud tiene un sagrado derecho a la alegría sana y plena. Por tanto, las navidades las pasaron solos con el hijo menor y un matrimonio sudamericano al que acababan de conocer y con quien su marido estaba obligado por negocios con el hombre. Pero eran vulgares y aburridos.

El resto del invierno siguió siendo desapacible así como también la primavera que fue particularmente lluviosa. Todo el mes de marzo y de abril estuvo lloviendo. Casi no se vio el sol. Los reumáticos se quejaban por doquier. También los asmáticos. Y entre el desfile de paraguas multicolores por las calles de Narváez, Conde Peñalver, Goya, Velázquez, Diego de León o Serrano en el barrio de Salamanca; o por Carretas, Preciados, Alcalá o la Gran Vía en el centro, un mismo comentario se hacía oír: ¡Cuándo pasará esta lluvia! Nos vamos a convertir en ranas. ¡Cuándo llegará el verano! Sólo de cuando en cuando alguien se atrevía a ripostar: Ya entonces nos asaremos vivos y nos cegaremos y ahogaremos con el polvo y el sol en un cielo sin nubes. Entonces añoraremos estos días lluviosos y frescos.

Cuando Lila oía esto asentía en su interior y pensaba en esa extraña condición humana que hace pronto desesperar de lo que se tiene y añorar lo que fue o está por venir, sin llegar al pleno contentamiento nunca. Y pensaba esto a pesar de que ella también sintiese que aquel exceso de lluvia la predisponía a sentimientos tristes. Además, poco a poco, las tardes se iban haciendo más largas. Y desesperantes a veces. Su melancolía se acentuaba. Sus hijos volvían tarde de la escuela, casi al anochecer, como es habitual en Madrid. Y su marido —absorbido por su consulta y ¡sabe Dios! por qué otros menesteres— volvía también más tarde. Entonces se daba a pensar y el alma se le caía a pedazos. Sólo el recuerdo de su amigo desaparecido ponía una leve nota de luz en su expresión. Ella, nada propicia a amamantar penas, trataba de ocupar esas horas leyendo, oyendo música o visitando alguna amiga. Ocasionalmente iba de tiendas, aunque no demasiado, pues no era actividad en que encon-

tiase placer si no tenía un propósito definido.
Siempre había creído que las mujeres que continuamente iban de tiendas para distraerse estaban enfermas emocionalmente. Tenían el alma vacía o en vías de que se les vaciara.

Un día de mayo, finalmente, el sol apareció aunque todavía débil. Se acercaba el cumpleaños de uno de sus hijos —el más pequeño— y fiel a su costumbre decidió comprarle un libro como regalo. Pues no le gustaba regalar cosas perecederas sino que quedasen. Y como él se le parecía tanto estaba segura de que se lo agradecería más que nada. Con esa idea aquella tarde se fue al barrio de Salamanca a deambular por las calles en que había librerías de viejos y algunas buenas librerías nuevas. No tenía ninguna idea preconcebida, de modo que iba abierta a cualquier incitación que encontrase. Como el chófer estaba de vacaciones tomó un minibús que la dejó en la Plaza de Neptuno. Y andando atravesó la plaza no sin mirar su fuente que tanto le gustaba. Luego entró por un rato en el Jardín Botánico para refrescarse. De allí siguió por Espalter hasta el Retiro que atravesó por el paseo de coches saliendo por la calle O'Donnell. Atravesó la avenida y comenzó su recorrido de Salamanca por la calle Castelló que allí nace. En una de las librerías de segunda mano donde entró encontró la novela de un cubano que fue muy querido en España y que había muerto bastantes años antes. Era la novela **Corazón**, de Alfonso Hernández Catá. La compró en seguida con el ansia de leerla. Además, ella había conocido a Sara, su hija, en el Lyceum de La Habana, y también a Uva, la esposa de Márquez Sterling de quienes era muy amiga. Después de pagar lo que le pidieron —los libros cubanos viejos habían subido fabulosamente de precio en los últimos tiempos— salió de la librería para continuar su recorrido. Al llegar a Jorge Juan torció a la izquierda para ver lo que tenía la librería Aguilar. Nada encontró que la atrajese por lo que continuó Serrano arriba. En Ortega y Gasset dobló para ir a "Meissner Libreros". Desde que se inauguró esta era la librería que más le gustaba de Madrid. Bien organizada, moderna y acogedora le permitía encontrar los libros fácilmente y regodearse en su lectura. Además, tenían la buena costumbre de exhibir en el escaparate y de poner en el pasillo de entrada, a la mano, las últimas novedades recibidas. En muchos aspectos a ella le recordaba la librería Rizzoli de Nueva York donde solía pasar tan buenos ratos cuando iba a los Estados Unidos a visitar a sus hijos y nietos.

Esa tarde, Lila, al examinar los libros expuestos vio muchos que le llamaron la atención. Allí estaba uno del Che Guevara que miró no sin cierto malestar interior. Otro titulado **El Desafío Americano**, de Jean Jacques Servan-Schreiber, traducido del francés, y que era el libro de moda entre los economistas. Este fue el que compró pasu hijo. También compró la novela **Auto de fe**, de Carlos Rojas y **Paradiso**, de Lezama Lima, el cubano. Tenía interés en esta novela después de leer la excelente crítica que le hizo Esperanza Figueroa en la Revista Iberoamericana.

Pero el tiempo apremiaba. No quería estar fuera cuando sus hijos o su marido llegasen. Seguía adscrita a la convención, que en ella era convicción, de que una mujer debe estar en su casa siempre para recibir a los suyos con la cara compuesta, los brazos abiertos, una sonrisa en los labios y dispuesta a la palabra de estímulo necesaria o a la reconvención suave si ello anudaba más los lazos familiares. Pero antes de salir hacia la calle —como un relámpago que la detuviese— un libro llamó singularmente su atención. La cubierta —de un azul profundo— tenía una flecha roja bordeada de blanco, trazada diagonalmente de abajo a arriba y de izquierda a derecha. El título la impresionó, no hubiera podido decir por qué. Era **Rumbo al Punto Cierto**. No tenía autor conocido. La novela había sido enviada a un reputado concurso y la editorial había decidido publicarla. No había sido competidora por no ajustarse a las bases y no saberse quien era el autor.

Lila no pudo resistir la tentación —para ella inexplicable— y tomó el libro en sus manos. La banda blanca que lo rodeaba y sellaba tenía una pequeña leyenda. Decía así:

> Novela enviada al último concurso celebrado por la editorial. Ha sido imposible establecer la identidad del autor. Y se ignora también si es una simple historia o una novela, pues una voluntad de forma o estilo tiene que parece excluir la posibilidad de un simple relato. Fue encontrada entre los restos de un avión que se incendió al aterrizar en el aeropuerto de Roma el 12 de abril de 1968. Sólo seis pasajeros perecieron. Tres eran hispanoamericanos. Se supone que uno de ellos era el autor de este relato. Pero nada cierto ha podido saberse hasta ahora. Tal como apareció fue enviada al concurso. La narración es muy corta pero está llena de interés. Tiene tal dramatismo y toca tantos problemas de la vida contemporánea que la empresa editora ha decidido publicarla. Como parece que su autor era cubano la editorial dedicará el producto íntegro de la venta

> a un fondo de becas y subsidios para sufragar los estudios de niños y jóvenes cubanos exiliados en España sin importar su origen, raza o ideas políticas o religiosas. La empresa cree así rendir el mejor homenaje al autor de estas páginas llenas de nobleza.

A Lila le temblaron las piernas. El corazón le palpitaba intensamente. Muy nerviosa y llena de impaciencia compró el libro. No veía el momento de salir de la librería. Mil pensamientos se cruzaban en su mente. Algo le decía que allí —en aquellas páginas— estaba la respuesta a lo que la inquietaba hacía más de un año. Pues no estaba segura aún, pero un presentimiento le decía que él, aquel maravilloso ser humano con quien topó en su viaje desde América la primavera anterior, era el desconocido autor de aquellas páginas.

Apresuradamente cruzó la calle y llamó un taxi que iba en dirección al Paseo de la Castellana. Subió atropelladamente y le dio al chófer la dirección de su casa. Estaba helada pese a la tibieza de la tarde. Tan agitada parecía que el chófer inquirió muy solícito —o curioso ¡quién sabe!—: Señora, ¿le pasa algo? No, nada, es que se me ha hecho tarde. En el fondo le molestaba que le preguntase. La fastidiaba la curiosidad que creía malsana del conductor, además de que le impedía la fruición de disfrutar de las primeras páginas que ya empezaba a leer. Allí estaban las letras claras, distintas... Allí el mensaje insospechado... Allí la confirmación de sus sospechas... Allí también —¡quién lo hubiera pensado!— el encuentro con ella. Y todo tan bien descrito. Todavía temblorosa leyó:

"El avión va repleto. Es un 747. Vamos vía Europa"... Y más adelante lo sorpresivo, lo que la dejó atónita y conturbada con una mezcla de delicia y angustia: ella, el encuentro con ella. Avidamente seguía la lectura: "Junto a mí va una señora, ¿cuántos años tiene? Difícil adivinarlo. Todo desconcierta en esa cara tan honda y al mismo tiempo tan apacible..."

Era todo tan singular. Nerviosamente leía y releía. Pero el taxi llegaba a su meta. Dándose prisa pagó, dio las buenas tardes al portero y con impaciencia tomó el ascensor que la llevaría hasta su piso. No veía el instante de estar a solas en la biblioteca leyendo. Cuando la sirvienta le abrió allí se dirigió inmediatamente. Ni una palabra casi. Tan lacónica fue que la sirvienta inquirió con su habitual ironía: ¿Le pasa algo? Cualquiera diría que la ha espantado el diablo... Lila no pudo menos que sonreír y se limitó a preguntar: ¿alguna llamada?, ¿hay alguien en casa?... Y, por favor, tráeme un poco de café y que no me molesten. Vengo muy cansada y leeré y reposaré un poco hasta que llegue el doctor. Ya en la biblioteca se tiró en el sofá a leer. Enfrente la ventana dejaba ver un cielo azul purísimo y aun claro. Lila estaba absorta. Ahora tenía la evidencia... Sus premoniciones se confirmaban. Su amigo había muerto en el accidente. Pero en aquellas páginas había dejado la huella de su espíritu fino, exquisito. De su alma generosa y cordial. También del impacto que ella le había hecho. Volvió a mirar hacia fuera, esta vez con los ojos arrasados de lágrimas que ella, tan controlada siempre, no había podido contener. Volvió a mirar al cielo y rezó una plegaria por el alma de aquel hombre tan extraordinario que tan fino homenaje le había rendido cuando más lo necesitaba. La sirvienta, al entrar, la encontró turbada, pero ya repuesta. Y le advirtió: La señora no debe leer tanto. Le lloran los ojos... Ella, con cierta parsimonia, le respondió: Tienes razón, es que he estado leyendo sin los lentes. Hazme el favor, tráemelos, están en la mesa de noche, aunque creo que tengo que cambiarlos ya. Se sintió tranquila de haber podido justificar con una buena excusa sus ojos llorosos. O al menos así lo creía. Pues la criada sabía de buena fuente que la señora estaba habitualmente triste y creía saber la causa de su pena. Sólo que ella no le había permitido en ningún momento inmiscuirse en sus problemas lo que la resentía no poco. Porque estaba habituada a que otras señoras la hicieran su confidente de lo que derivaba un sentido de importancia que ahora no tenía. Y es que, estaba visto, esta señora era diferente. La sirvienta lo atribuía al hecho de haber nacido en América. Y, curiosamente, en esto sí coincidía con su señora, porque Lila también se sentía en un mundo distinto cuando de relacionarse con el servicio se trataba. Por un lado se encontraba siempre más humana, más tolerante, menos autoritaria y despectiva. Pero al mismo tiempo se sentía más distante, más independiente, menos ligada realmente. No se lo podía explicar. Tal vez se debiera al flexible sentido de clase de la sociedad americana en general en que la pertenencia a una clase está determinada más por las cualidades y logros personales que por los accidentes del nacimiento o los apellidos.

Aquella tarde Lila hubiera querido que nadie llegase a interrumpir su lectura. Cuando sintió a su marido abrir con su llave, como de costumbre, un profundo gesto de desagrado se pintó en su rostro, pero lo disimuló en seguida y tan animadamente como pudo le dijo: ¡Hola! A lo que él respondió con el beso rutinario de siempre. Casi inmediatamente llegaron sus dos hijos y se ordenó servir la mesa. Además, esa noche estaban comprometidos para ir al teatro con unos amigos. Iban a ver "La Casa de las Chivas" de que todo el mundo hablaba. Era una de las pocas obras aprobadas por la censura que tenía como tema la guerra civil del 36. Y se comentaban los prodigios de equilibrio que habría tenido que hacer Jaime Salom, su autor, al escribirla, para decir lo que decía sin herir los oídos supersensibles de los censores. Pero un gran escritor puede salir siempre airoso en empresas semejantes, a poco que no le falte talento, buen oficio y también un poco de suerte.

Lila estaba incómoda con la perspectiva de no poder dedicar la noche a la lectura como hubiera sido su deseo, pero tenía que controlarse. El viejo sentimiento de culpa por su desliz en Lisboa volvía a revivir. Y lo peor es que en la lectura no había podido llegar al episodio. Se dispuso, pues, a ir al teatro. Y tras de cenar ligeramente, para cubrir las formas, fue a su cuarto a cambiarse y arreglarse. Un aire de cansancio desusado la envolvía. Se sentía agotada. Su marido lo notó porque bastante irritado le dijo: No sé, no haces nada en todo el día y siempre estás cansada y quejándote. Esto último no era cierto. Sí lo era el tono deprimido que habitualmente tenía en su presencia. Con molestia no disimulada en la voz le contestó: Por supuesto, mis razones tengo y tú no eres ajeno a ellas. El se encogió de hombros y dijo lo que a ella más la irritaba: Si quieres, llamamos y nos excusamos. Yo preferiría acostarme. Lila —adivinando que no lo hacía por mimarla sino por no exhibirse con ella— ripostó: De ninguna manera. No estaría bien. Ade-

142

más, tengo entendido que la obra es muy buena. Seguramente te gustará.

De este modo tan poco entusiasta salieron para el teatro. Su marido al volante, pues el chófer tenía las noches libres salvo casos excepcionales. Y, además, estaba de vacaciones. En el camino recogieron a la otra pareja que vivía en Eduardo Dato cerca de la Glorieta de Rubén Darío.

Tan absorta en sus pensamientos iba Lila que cuando la otra pareja subió al auto apenas esbozó un saludo. Tan extraña fue su actitud que el otro hombre —que siempre había sido muy bromista— le dijo: Y a ti ¿qué te pasa?, ¿qué bicho te ha picado?, ¿caíste por casualidad en un panal de abejas? Ella no tuvo otro recurso que reírse. Y su marido aprovechó la ocasión para otra de sus críticas: Me alegro que se lo digas. Siempre parece una araña dispuesta a saltar. El amigo salió calurosamente en su defensa: No lo creo, lo que pasa es que se ve cansada. Tal vez no se siente bien. ¿Es verdad?, preguntó muy dulcemente. Lila lo miró con gratitud y respondió con suavidad. Es posible. Hoy anduve mucho buscando un libro para Alberto cuyo cumpleaños es el domingo y se lo celebraremos con un almuerzo. Por cierto que están invitados. Ya saben como él los quiere. Es un buen muchacho. No porque sea mi hijo. Tuyo nada más ¿eh? Siempre lo mismo, dijo su marido. Estaba claro. Lila recibía —y con creces— una sorda hostilidad del marido en cada posible ocasión. Y él —tan cortés habitualmente— perdía gran parte de su "savoir-faire" ante ella. David y Macusa callaron ante el exabrupto de él. Luego Macusa, más por aliviar la tensión que por verdadero interés dijo: ¿Y qué le compraste, una novela? ¡Oh, no, en eso es como su padre. No le gustan las novelas sino las cosas de actualidad. Le compré un libro que ha sido un éxito en Francia y también en Estados Unidos. Lo tradujeron en seguida al inglés y ahora lo acaban de traducir al español. ¿Qué libro es?, preguntó David. **El Desafío Americano** por Jean-Jacques Servan-Schreiber. ¡Ah!, dijo el marido, feliz de poder absorber la atención por un momento. Ese libro ha sido un "best-seller" no sólo en Francia sino en los Estados Unidos. Yo lo tengo en la consulta en inglés. Me lo trajo un paciente, de los pocos que todavía creen en los Estados Unidos. Yo ya me lo leí. Habla de como los americanos han sentado precedentes —sobre todo en el campo de la producción— para todo el mundo. Ahora me han dicho que se va a publicar uno que se titula, más a tono con la moda imperante: **El Desafío Japonés.** No me extraña, respondió Lila. El mundo se está llenando de japoneses. Están en todas partes. ¿No los vemos aquí en Madrid también? Por supuesto, dijo David. El año pasado cuando Macusa y yo estuvimos en Amsterdam nos quedamos sorprendidos. Topaba uno con ellos en todas partes. En los museos, en los buenos restaurantes, en los hoteles, en las excursiones por los canales, en la casa de Ana Frank. Y aun en las fábricas de brillantes. Bueno, ahí es el lugar normal, dijo el marido de Lila. Ellos viajan por negocios y en busca de inversiones provechosas. Y el brillante retiene un inmenso valor de cambio en una materia pequeña y de fácil transporte. Pues no puede olvidarse que este es un siglo de grandes éxodos. Es claro, apuntó Macusa que, con su voz ligeramente chillona, poco gustaba de conversar pero no era estúpida. Los judíos lo saben bien, y continuó: ¿No han visto como sus mujeres gastan una fortuna en buenas joyas? ¿Diamantes principalmente? Todos asintieron. Pero ya llegaban al teatro. El esposo de Lila dio las entradas a David para que se adelantara con las señoras mientras él se iba a aparcar el coche a un estacionamiento próximo.

El teatro estaba lleno, pero ellos tenían excelentes butacas. Al filo de las diez y cuarto comenzó la función. Lila se sintió liberada al quedar el teatro en la penumbra. Lo necesitaba. Para pensar, para recordar. Sobre todo recordar lo vivido. ¿Cómo la describiría él? ¿Y lo contaría todo? Estaba ansiosa por saberlo... Y lo peor es que hasta el día siguiente no podría volver a tomar la novela entre sus manos... Poco a poco se impuso atender a la obra. No le costó mucho esfuerzo. Por el tema, por la actuación, por su calidad. Era una obra dura, áspera, honda. Pero llena de calor humano. Aun de ternura. La guerra, a un tiempo, humaniza y deshumaniza a los hombres y saca afuera lo mejor y también lo peor de ellos. Le pasa lo que al alcohol. Es como el "agua-regia" que pone a prueba los metales. El joven que hacía de sacerdote atrajo profundamente a Lila. Le recordaba en muchos aspectos a su amigo. ¿O sería que ella estaba predispuesta a encontrarlo en todas partes? Tal vez era sólo una proyección afectiva. También le gustó mucho el personaje de la protagonista prostituida por las condiciones de la vida durante la guerra. Cuando la obra terminó todos aplaudieron con entusiasmo. Por más de cinco minutos la compañía estuvo saludando agradecida los aplausos del público. A la salida David sugirió ir al café Gijón, al doblar del teatro, para tomar algo y comentar la obra. De mala gana, el marido de Lila aceptó. Las mujeres no opusieron reparo.

El café estaba lleno. Era punto de reunión de muchos escritores e intelectuales que allí iban a tomar un café, una cerveza o un jerez por las tardes, o después de cenar. Como los dos matrimonios eran visita frecuente pronto lograron una mesa en el fondo junto a una ventana que daba a la Castellana.

El público que llenaba el salón era heterogéneo y abigarrado. Todos hablaban a un tiempo. En general se comentaba la obra que acababan de ver. Para la mayoría era una gran obra. Excelentemente compuesta en lo teatral, bien escrita y muy bien actuada y dirigida. Se celebraba la pericia de los actores. En otra mesa un grupo —sin duda de ideas o convicciones radicales— se lamentaba de la tibieza del planteamiento y del desarrollo pobre, sin auténtica garra. Lila, al oírlos, comentó: ¡Qué horror! Hoy todos quieren hacer de la literatura un militante. Olvidan que nunca logra más que cuando no lo pretende, al menos obviamente. La literatura didáctica siempre ha sido un fracaso. Didáctica no, comprometida, ¡niña!, apuntó Macusa, con sorna. ¡Como quieras! rearguyó Lila. Y lo peor es que hasta el autor parece haber comulgado con el criterio del compromiso —para estar a la moda— pues la obra que le acaban de premiar en el concurso de este año es mucho más "comprometida" según dicen. ¿Cómo se llama?, preguntó David. **Los Delfines**, dijo Macusa que se mantenía al día. La estrenarán en el Español esta temporada. Asistiremos, afirmó el marido de Lila, quien se sonrió al recordar que era la frase de rúbrica de un cronista social habanero fallecido hacía muchos años, Enrique Fontanills.

Mientras ellos comentaban lo dicho, en una mesa próxima la discusión subió de tono súbitamente y amenazaba con transformarse en una pelea abierta. En ella había dos jóvenes y una muchacha pelirroja, por cierto muy bonita, que estaba pálida y parecía muy temerosa. Uno de los comensales había hecho un elogio de la revolución de Castro muy exagerado, olvidando que la pareja era cubana y exiliada. El comentario fue que por lo menos el pueblo de Cuba ahora podía comer porque antes sólo diez familias disfrutaban de las riquezas de la Isla. El esposo de la pelirroja, que no parecía rico, ripostó airado: ¡Mentira! Quisiera el pueblo de aquí vivir como vivía el de Cuba. Allí la gente comía más carne que aquí, tomaba mejor leche y podía educar bien a sus hijos sin que tuviera que gastar casi nada. La prueba está en que antes de Castro era raro encontrar el cubano emigrante, y eso a pesar de la proximidad de los Estados Unidos y de que no había restricciones para salir y de lo barato que eran los viajes. Y ahora, si Cuba no fuese una isla, estaría casi despoblada, lo mismo que Berlín del este si no construyen el muro. Muchos no salen porque no pueden, convénzase. —No me diga, compadre. Bien se ve que debe usted haber pertenecido a los explotadores, porque sólo así puede pasar por alto que Cuba era una colonia expoliada por los norteamericanos. Pero Fidel supo ponerlos en su sitio. Los paró bien, lo que no habían sabido hacer ustedes con todo su cubanismo. Yo me alegro, para que los prefirieran a ellos a la colonización de España que los trataba como a hijos predilectos. —Mire, mire, ya veo por donde viene y mejor que se calle. Freud pudiera decirle mucho de las razones por las que simpatiza con Castro. Tal vez sea usted de los españoles que aún conservan una mentalidad colonialista y que todavía no se han resignado a la tragedia del noventa y ocho. Yo prefiero no insistir en el tema, pero le llamo la atención porque con su mismo simplismo yo le pudiera decir que usted no se rebela contra Franco porque goza de prebendas en el régimen... ¡Oiga, oiga! Mire lo que dice porque mi honradez no la discute nadie. Y si quiere hago buenas mis palabras en la calle. Estaba furioso. Entonces le dijo: Ustedes los cubanos son todos unos bocones, unos cobardes. Y con mentalidad colonialista. Le besan los pies a los americanos. Y el pueblo que se muera de hambre. Sólo unos cuantos en tu tierra vivían bien. —¡Oh, no, señor!, interrumpió el camarero que llegaba con el pedido y había oído las últimas frases. Yo soy cubano y nunca he sido rico. Allá era lo mismo que aquí, un simple camarero y tenía que trabajar como ahora. La diferencia es que allí estaba mejor hasta que llegó Castro y eso que yo lo apoyé porque creía todas las mentiras que decía. Pero esos comunistas dicen una cosa y practican otra. Son los más mentirosos de los políticos. Sólo cuando se ha vivido bajo sus botas se les conoce. Pero entonces ya es tarde. No hay salida. Por eso me fui de allí. Créame, usted está equivocado. No se trague las patrañas que cuentan. Y perdóneme por haberme metido en la conversación.

El hombre —que tan alterado estaba— había vuelto en sí y no sólo le dio las gracias sino que se volvió a su amigo cubano y le dijo, volviendo al tú habitual: Oyeme, perdóname el exabrupto, y sobre todo tú, María. Ella se limitó a sonreír. Todavía estaba como asustada o anonadada. No te preocupes, compadre, respondió el cubano. Eso malo tiene la política que pone a la gente a pelear mientras los grandes se arreglan. Por eso mi madre insistía siempre en que los amigos no deben hablar ni preguntar jamás acerca de política o de religión. Cada quien, según ella, llevaba su alma en su "almario" o el lugar del alma. Era una mujer muy inteligente y con cierto sentido poético porque, ¿no es verdad que es muy original esa palabra? Pero, bueno, no hablemos más de esto. Te invito a otra copa. ¡Camarero, danos otra vuelta! Y dime, ¿de dónde tú eres en Cuba? Porque no puedo reconocer tu acento. Pues de Vuelta Abajo, de donde es el mejor tabaco del mundo. ¿Estuvo allí alguna vez? Me crié en las vegas de San Juan y Martínez y jugué mucho en el valle de Viñales. ¿Lo conoce? ¡Cómo no lo voy a conocer! Allí y en San Vicente pasé muchas vacaciones y aprendí a montar a caballo, para que lo sepas. Pero, mire, compadre, mejor es callarse porque si seguimos recordando acabaremos llorando. Tiene usted razón y además hay otros clientes esperando y no puedo permitirme el lujo de perder este trabajo. Y usted perdone otra vez, caballero, por haberme metido en la conversación. Me tocaba muy de cerca... No, hombre, si se lo agradezco. Evitó usted una escena que no hubiera tenido sentido. Además, creo que ahora seré más cuidadoso para opinar. Y que veré el problema cubano mejor. Gracias le doy. No hay por qué... vuelvo luego. Y el camarero se alejó y pronto les trajo otra ronda de lo que habían pedido.

La mesa en que estaba Lila se había vaciado en tanto. Después de liquidar la cuenta se habían retirado sin llamar la atención. Dejaron a David y Macusa y ya más relajados y muy cansados llegaron a su casa. Se acostaron inmediatamente. Pero en el automóvil, al salir del café, el marido de Lila dijo: <u>Menos mal que el camarero intervino porque yo ya estaba a punto de saltar... Es mejor que no hayas tenido que hacerlo porque nadie nos cree. Esa es la experiencia más triste del exilio, hablar a oídos sordos.</u> Yo ya he aprendido a oír y callar, aunque a veces me cueste una enfermedad. Pero es mejor que ser tenido por tonto o por mentiroso. O por explotador y retrógrada que es peor, si cabe, dijo Lila. Así es, corroboró David y Macusa terminó con un "es verdad" que selló la conversación.

Ya en la casa Lila dijo: ¡buena obra esa! Su marido lo reafirmó diciendo: Realmente. Y ya, sin más, se fueron a la cama y abrazándose tiernamente se durmieron. Lila poco pudo pensar en la lectura pendiente. Tan agotada estaba que se durmió a profundidad.

A la mañana siguiente su marido se levantó, como de costumbre, bien temprano. Se bañó y tomó su desayuno mientras Lila parecía dormir. En verdad, se había despertado al levantarse él, pero para no verse obligada a hablar y a interrumpir el repaso de sus recuerdos fingió estar durmiendo. Inmediatamente que él se despidió con el habitual beso ella tocó el timbre y pidió su desayuno con el periódico y el libro que estaba leyendo la noche anterior. La sirvienta, siempre indiscreta, le preguntó: ¿No se va a levantar? ¿Se siente mal? Lila sólo le dijo: Llegamos tarde anoche y no he dormido bien. Llévate el teléfono, quiero descansar. Si llaman, toma el recado, pero no entres en explicaciones. Dí, simplemente, que no puedo ir al teléfono en ese momento. Cuando le trajeron el desayuno lo tomó rápidamente y en seguida llamó para que se llevasen la bandeja. Y recalcó sus instrucciones: No quiero ser molestada. Si el señor llama dile que estoy durmiendo. El sabe lo cansada que me siento. A los muchachos que no me molesten tampoco. Y que los quiero temprano para la comida. Que su padre no tenga que esperar por ellos.

Tan pronto se quedó sola y tranquila comenzó

la lectura. Prefirió volver a leer desde el principio pues más sabor le encontraba cuanto más leía. De vez en cuando levantaba la cabeza y la mirada quedaba perdida en el vacío. Era como si reviviera en su propio recuerdo lo que iba leyendo. Luego una cierta sonrisa se le dibujaba en el rostro y otras veces se le arrasaban los ojos de lágrimas. Entonces los cerraba para serenarse y parecía que rezaba. Así llegó al final. Ya estas páginas no estaban escritas por él, sino por el hombre que encontró y conservó el manuscrito el día del accidente. Se llamaba Jorge Prat.

Jorge Prat decía en esas palabras finales:

El día 12 de abril de 1968 viajaba yo en un avión de Madrid a Roma al mediodía. El tiempo estaba sumamente desapacible pero el viaje fue bueno. Ya al aterrizar se sintieron fuertes vientos de cola y todos sentimos zozobrar el avión. Pero nadie se alarmó realmente. Estábamos casi tocando tierra y la perspectiva de la pronta llegada reducía la tensión y la angustia. De súbito un relámpago iluminó el avión e inmediatamente se sintió una explosión. Un grito unánime se escapó de todos. Y nos sobrecogió el terror. Yo pensé llegado mi último momento. Ya no supe nada más. Cuando volví a tener conciencia de mí estaba aún atado a mi asiento, desprendido del avión y en medio de un terreno yermo totalmente desconocido. Ni la más ligera indicación de un posible campo de aviación cercano. Estaba tan confundido que aun me era imposible percatarme de mi verdadera situación. Todo parecía una pesadilla. ¿Estaría soñando? Un grito se escapó de mis labios y el pánico se apoderó de mí. Así volví a la realidad. En esos momentos la desesperación me tomó y también el pánico.

151

Me sentía todo magullado y al pasarme la mano por la cara la retiré sanguinolenta. Debía tener alguna herida. Pero ya era capaz de comprender la nulidad de un grito en aquel campo desierto. Afortunadamente el sol estaba radiante. Y parecía darme un poco de compañía con su calor. Comprendí entonces por qué se asocia al sol con la vida y a la noche con la muerte. Porque si hubiera sido de noche no sé lo que habría hecho aterrorizado como estaba. En aquellas condiciones lo primero que atiné a hacer fue a desatarme para poder ponerme en pie. Pero al hacerlo comprendí que no podía pararme. Entonces sí que me angustié. Era incapaz de buscar ayuda por mí mismo, pues ni aun gritando podrían oírme. El terror era tal que comencé a sudar copiosamente. No sabía que hacer. Entonces vi un portafolio al alcance de mi mano. Posiblemente se había desprendido del avión al mismo tiempo que yo. Con trabajo lo atraje hacia mí. Y para hacer algo traté de abrirlo. Con dificultad lo logré. No me fue difícil pues aunque estaba cerrado con llave, la cerradura era fácil de saltar si uno tenía un poco de maña. De pronto saltó a mis manos un puñado de páginas manuscritas con una letra nerviosa y muy rápida. También había tres o cuatro libros en cuyos títulos no reparé. ¡Tanto me atraían las páginas escritas!

Inmediatamente comencé a leerlas. Pero la angustia que me consumía me impidió seguir pese al interés que instantáneamente me despertó la única página que pude leer a medias. Mi desesperación y desamparo eran tales que me sentía incapaz de hacer otra cosa que implorar y mirar al cielo. Pasaba de la plegaria a la exploración del espacio que me circundaba tratando de vislumbrar de alguna manera, en el cielo o en la tierra, algún signo indicador de que me rescatarían. Nunca fue mi fe en Dios puesta a prueba de modo tan angustioso. A nadie le deseo esos momentos. Finalmente, cuando ya mi desesperación volvía a alcanzar límites imposibles de describir, el oído se aguzó y me pareció percibir un ruido esperanzador. pero nada era aun visible. A los pocos minutos, sin embargo, pude ver algo que se movía en el cielo en la distancia. No sabía aun que podía ser. Muy pronto vi que era un helicóptero que sin duda venía en mi busca. Poco a poco se acercó hasta colocarse sobre mi cabeza. Mi júbilo fue indescriptible. ¡Había vuelto a nacer! ¡No lo podía creer! Me apresuré a tomar el portafolio conmigo con todos los papeles que contenía... Y pronto me sentí seguro en aquel asiento que de nuevo me llevaba a puerto. Pero casi no podía explicarme. Tan anodadado me sentía. Los que me rescataron deben haberlo entendido así porque no me inportunaron más. ¡Cómo lo agradecí!

Ya en el aeropuerto, en la sala en que estaban los otros supervivientes, y tras responder a las preguntas de rigor, pude examinar el contenido del portafolio con más calma. Y comprobar que la única página que había leído era tan interesante que decidí no devolver el manuscrito hasta sacar una copia, si podía, a menos que algún pasajero me reclamase el portafolio.

En la sala había muchos pasajeros con caras angustiadas y aun llorosas. Algunas desesperadas. Afuera el público se apiñaba para escudriñar los pasajeros, posiblemente con el propósito de saber si los que esperaban habían llegado sanos y salvos. O simplemente por curiosear que así es la naturaleza humana...

Multitud de rumores se oían. Había quien decía que eran veinte los muertos, otros que eran sólo tres. En fin había mucha desazón. También se decía que uno de los pasajeros había colocado intencionalmente una bomba bajo su asiento porque estaba arruinado y aspiraba a que su familia cobrase el seguro. Lo cierto era, sin embargo, que debido al mal tiempo un rayo cayó en el centro del tanque de gasolina, lo incendió y lo hizo explotar. Por buena suerte ya estábamos casi en el campo por lo que la tierra sirvió de freno y el incendio se pudo controlar en seguida. Y sólo seis pasajeros habían muerto. Muchos, es verdad, tuvieron quemaduras de distinto grado. Y otros sufrieron dislocaciones, fracturas y torceduras. Lo que más sufrió fue el equipaje pues casi todo se perdió o se quemó. Los pasajeros, por supuesto, fueron los que recibieron la atención preferente. Lo de mi pierna afortunadamente no fue fractura. Sólo que la posición forzada y el impacto del golpe me la tenían tan adolorida que me era casi imposible moverla. Y tal vez el terror contribuía a paralizarla.

En el salón aquel todos gritaban. Algunas mujeres tenían ataques histéricos. Los más inquirirían acerca del equipaje y del seguro. O iban a los teléfonos donde la cola era enorme. Angustiados trataban de contactar a los familiares y reclamaban que la compañía pagase las llamadas. Los niños lloraban, pedían agua, querían ir al baño. La sala era un "pandemonium". Yo también me sentía angustiado y confuso. Pero al verme en un espejo comprobé que mi única herida era un rasguño superficial en la mejilla que era lo que me había estado sangrando, un golpe en el dorso de la mano derecha que estaba negro y el dolor de la pierna que iba aminorando.

<u>Mi única preocupación entonces era dar con el dueño o la dueña del portafolio sin preguntar a nadie pues temía que algún osado lo reclamase como suyo sin serlo.</u> Y yo estaba muy interesado

en continuar la lectura de aquellas páginas que me intrigaban mucho. Ideé por eso pasearme entre todos los pasajeros y detenerme a hablar con cada grupo exhibiendo bien visible el portafolio para ver si alguien lo reclamaba. Y tuve tiempo para hacerlo con toda calma y cuidado porque nos retuvieron allí con interrogatorios para que describiésemos lo que recordábamos por más de seis horas. Después que habían pasado más de dos y comprobar que mi búsqueda había sido infructuosa decidí ponerme a leer en un rincón apartado del salón. Todavía tenía la esperanza y el temor de que su dueño viniera y me arrebatase las páginas de las manos. No sucedió así, sin embargo, y pude leerlas con calma y disfrutarlas ampliamente.

Al terminar, tuve la convicción de que su autor era uno de los desaparecidos o muertos. Porque lo había presentido aunque de ello no tuviese conciencia. Como al decir el día antes de embarcar esto:

> Dormí muy mal esa noche. Una como cierta angustia y desesperación me invadían. No podía apartarme del recuerdo de Lila, de la falta que me hacía y de que en sólo unas horas me alejaría de ella tal vez para siempre.

O esto otro para mí muy significativo:

> Así, pues, debía ponerle un título a lo que escribiese. Sin saber como —o tal vez porque respondía a mis más íntimas esperanzas— se me ocurrió éste que inmediatamente me puso a meditar: **Rumbo al punto cierto**... ¿Por qué al punto cierto? ¿Qué habría en Roma, a la que apenas conocía, que me inspirase tal

certidumbre? No lo sabía. Sólo tenía la convicción de que allí iba a anclar definitivamente mi vida, sin más dudas o angustias...

Y bien que había anclado, pensé yo. Ya nada más lo inquietaría. Pero aun otro hecho apoyaba mi idea de que él estaba entre los fallecidos. Y era el augurio que le había hecho el amigo chileno años antes: que él moriría a la par casi que Miguel. Porque en el aeropuerto la radio acababa de anunciar que en Madrid un notable arquitecto, don Miguel Junquera, acababa de suicidarse de un pistoletazo sin que se supieran los motivos de tan drástica resolución. Hay que ver lo que esto me dio que pensar, ¡voto va! Decidí entonces que de algún modo aquellas páginas debían ser publicadas. Y guardé el portafolio que nadie reclamó y que yo no podía reintegrar por no aparecer en él ningún nombre o dirección a los que pudiese dirigirme. Y para salvar mis escrúpulos de conciencia tomé muy en serio el proyecto de publicación. Pero no me gustaba la idea de una impresión privada que hubiera podido costear con la cooperación de algunos amigos porque entonces no circularía. Y lo importante era que circulase. Comentando el problema en mi casa con mi buen amigo Luis Xiqués, él dio con la solución y me dijo: Mira, si es como tú dices, ¿por qué no la mandas a un concurso de novelas? Tal vez la premien y la publiquen. Hombre, tienes razón, me parece una buena idea. A ver si te enteras de alguno y me lo comunicas.

Con esta idea me di a la tarea de leer la sección cultural del ABC diariamente y también las revistas literarias más conocidas. Y un día, paseando por las Ramblas precisamente —lo recuerdo— casi frente al hotel Manila vi en uno de los "stands" la revista "Cuadernos Hispanoamericanos" del Instituto de Cultura Hispánica y me puse a hojearla. En sus páginas finales estaba la convocatoria para un premio de novelas que se cerraría el quince de octubre. El primer problema que tenía por delante era el de la extensión. Sin duda el relato que tenía no podía cubrir el número de páginas requeridas. Había, además, que mecanografiar el manuscrito que no siempre era claro pues la letra nerviosa y rápida del autor presentaba a veces problemas de interpretación. Pero con esto era fácil luchar. No así con lo otro. Un amigo, no muy agudo por cierto, me sugirió la idea de darle las páginas a alguien que supiera escribir para que alargase la posible novela... Me negué tercamente a ello. Si algún valor tenía aquel manojo de páginas era el de su espontaneidad, fluidez y el de esa rara sabiduría que visita a los que pronto van a morir. Decidí, por tanto, atenerme a la estricta verdad que siempre da frutos, y enviar lo que tenía con una historia de como todo había llegado a mis manos. Y no sin dificultad me di a la tarea de buscar una buena mecanógrafa. Al fin, todo se copió debidamente y pude enviar el manuscrito con la carta que copio a continuación:

Barcelona, 2 de septiembre de 1968

Editorial Cataluña.
Paseo de Gracia, s/n.
Barcelona.

A los editores y al jurado del Premio Cataluña:

Distinguidos señores:

En el último número de la revista "Cuadernos Hispanoamericanos" leí las bases del concurso de novelas que ustedes han convocado. Yo no soy un escritor y poco sé de Literatura. Pero las páginas que envío cayeron en mis manos por azares del destino. Y pienso, como lector, que tienen un valor. Pero no soy yo quien puede juzgarlo. Por eso las someto al criterio de los entendidos. Bien sé que el número de estas cuartillas no se ajusta por su extensión a las bases. Pero tal vez a ustedes se les ocurra cómo hacerlo. Cumplo con un deber de conciencia al mandarlas y espero qus ustedes considerarán las especiales circunstancias de este envío. Anexas encontrarán unas páginas que detallan cómo esta historia llegó a mis manos. Una sola cosa más me interesa aclarar. He usado mi nombre verdadero aunque suprimiendo el apellido paterno y usando sólo el de mi madre, pues, al cabo, hay muchos Jorge Prats en Cataluña donde he nacido y vivido siempre. Y todavía otra advertencia. Cuba está unida por lazos muy hondos a la historia más vieja de mi familia y, sin duda, este relato fue escrito por un cubano. Renuncio por eso a toda gratificación que me pudiese corresponder por este envío y pido cortésmente a la empresa que dedique el producto de la venta de este libro —si se publica— a becas de estudio para niños y jóvenes cubanos residentes en España, sin importar la procedencia, raza o filiación política o religiosa de sus familias.

Sin otro particular, les anticipa las gracias y los saluda atentamente,

Jorge Prat B.

Balmes, s/n. Barcelona.

La novela terminaba con un epílogo que contenía la decisión del jurado. Decía así:

EPILOGO

El Jurado designado para otorgar el Premio de Novelas de la Editorial Cataluña ha tenido este año un gran problema para decidir en el caso de la historia que acaban de leer. Escuetamente parece sólo eso: una historia. Mas, si se le añadían las páginas escritas por el señor Prat narrando las peripecias de su hallazgo y envío nos ha parecido que podía integrar una unidad que tiene un indudable carácter novelesco. Y ha recomendado a la empresa, basado en ese juicio, la publicación del texto. Lo que hay que lamentar es que por su extensión y también por desconocerse el nombre de su autor no pudiera entrar a concursar y, tal vez, ser premiada.

Tiene el Jurado empeño en destacar que la persona que escribió este relato, si no había publicado ya otra cosa, sin duda tenía grandes dotes. El estilo es fluido. En la técnica hay algunos hechos notables como el que en ningún instante aparezca el nombre del protagonista, o el detalle de mezclar personajes reales con los de pura ficción. Por otra parte es muy informativo y se muestra alerta a los movimientos sociales, literarios y estéticos de este siglo.

Por todas las razones apuntadas se ha recomendado su publicación. Y sabemos que los lectores encontrarán otras muchas para que se haya hecho.

Barcelona, enero de 1969.

TERCERA PARTE

Aquella tarde un Chevrolet amarillo corría a lo largo del "Venetian Way" desde Miami Beach en rumbo a Miami. El día era esplendoroso. El sol brillante, el aire límpido. El mar relucía con la luz. El azul del agua era intenso y junto a las pequeñas islas que cruzaba la vía la coloración se acercaba al turquesa y aun al blanco. Los pinos se abanicaban a la brisa así como algunas palmeras. El ambiente era tonificante aunque la claridad era tanta que deslumbraba y cegaba un poco. Las pequeñas casas blancas rodeadas de jardines y con muelles privados en muchas ocasiones eran índice de que sus moradores tenían cierta holgura económica, aunque no demasiada. Pues las embarcaciones atracadas a los muelles eran simples botes de remo pintados de colores brillantes en su mayoría. Alguna vez se distinguía un bote de velas y sólo de cuando en cuando algún yate algo más lujoso. En este caso el muelle siempre pertenecía a una gran residencia bien cercada y rodeada de grandes jardines con muchos pinos, palmeras y adelfas llenas de flores de un rosado profundo y que casi son las únicas que resisten las brisas marinas. En el auto iban una señora de unos sesenta y cinco años con aire de persona que sabe llevarse a sí misma, y con una sonrisa dulce y triste a un tiempo. Venía sentada junto a una muchacha de largo y sedoso pelo castaño con grandes ojos pardos que apenas hablaba. Posiblemente porque iba concentrada en su labor al volante. Obviamente eran madre e hija. La madre tenía el pelo gris, corto y muy bien peinado. Hablaba con gesto de desaliento. En el asiento de atrás una señora muy vivaz sostenía la conversación moviendo sus manos apresuradamente, pero con distinción, para apoyar lo que decía. La señora mayor —Lucía se llamaba— dijo con un tono de amargura no disimulada: Cada vez que cruzo estas islas y veo este mar tan lindo me entristezco. No lo puedo evitar. Recuerdo a Cuba, a Varadero, nuestra casa, mi marido. También a mi hijo. Además, hoy estoy muy deprimida por una carta que recibí de mi ahijado. ¿Te acuerdas de Toño, el que está preso en el Príncipe en La Habana desde mucho antes de lo de Bahía de Cochinos? Esta vez me dedicó la única carta mensual que le dejan escribir. Ya supondrás como se lo tengo que agradecer. Claro que él sabe que sus cartas mensuales ruedan por toda la familia en copias. Esta, como él es tan estoico, no es nada lacrimosa, pero por lo mismo conmueve más. ¿Te cuenta muchas cosas?, preguntó Alicia. Bueno lo que puede y sabe que la censura no tachará. Me gustaría verla, si no es nada privado. Pues mira, aquí la tengo. Te leeré lo más importante porque es muy larga y lo otro son referencias a la familia que no te interesarían. Oye lo que dice:

> Seguimos en la azotea del Príncipe, ahora no somos más que nueve. Para la generalidad del grupo la vida es aburrida. Para mí no tanto porque leo lo que puedo, escribo y practico mi inglés y francés así: y leo si me dan algo, aunque

sea los periódicos de aquí. De este modo siempre me hago idea de como se está viviendo en mi querida tierra fuera de estas cuatro paredes. Además como tengo cierta cachaza resisto bastante bien. Pienso que los primeros catorce meses que pasé condenado a pena de muerte me prepararon para esto. Nunca pensé sobrevivir... y estoy vivo todavía. ¿Comprendes? Mi salud es relativamente buena y creo que mi equilibrio mental también; ambos mejor que la generalidad de la gente en el presidio, aunque reconozco el riesgo y lo difícil del análisis de uno mismo. El sistema nervioso sí se resiente algo por los sufrimientos y los largos años de vida en tensión, pero mi voluntad y carácter se sobreponen y dominan. La hipocondría es cosa casi normal en presidio; yo le tengo pánico y casi nunca tomo una medicina y me niego a tomar una pastilla. A lo más una aspirina si siento que la cabeza me va a estallar. La dentadura se me deteriora por días y voy perdiendo piezas, pero aquí no se cuidan de eso. No es un derecho del preso. En noviembre hizo tres años que estoy incomunicado y la incomunicación y el aislamiento es total. En todo este tiempo no me he podido explicar por qué estoy aquí. No he militado ni milito en partido político alguno. Tú sabes que viví siempre consagrado a mi trabajo y a mi familia. Sólo que no bajo la cabeza ante el comunismo. Pero, ¡qué puedo hacer si no creo que esto hace feliz a mi pueblo!

Bueno, luego viene otra parte muy larga dando cuenta de como él ve la situación internacional y me informa esto tomado de los periódicos que le dan a leer:

> Ausencia del domicilio superiores a diez días deben ser notificadas al Comité de Defensa correspondiente. Cualquier obrero en su fábrica necesita autorización para pasar o entrar en cualquier departamento que no sea el suyo. ¡En fin, como verás, un paraíso!

Y todavía en otra parte comenta al referirse al último discurso de Fidel del 20 de mayo último:

> Fue una síntesis patriótica marxista de nuestras luchas antes y ahora. Así Martí, Gómez y Maceo se abrazan en nuestra historia con Marx, Engels y Lenin. Un discurso a medida y complacencia de Moscú, tal vez como ninguno otro antes. Totalmente dentro del amarre soviético. Pues ahora que somos libres tenemos rusos en los puertos, en el níquel, en el petróleo, rusos en la Antillana de Acero, rusos en todos los sectores básicos. Y al decir de Fidel reina una paz y una tranquilidad interna como en ningún país de América ni en Cuba antes. Pero esto lo dice al mismo tiempo que menciona y celebra la excelente misión de control del Ministerio del Interior. O sea que quiere continuamente deprimir y atemorizar al pueblo. Se requiere de cada ciudadano que tenga su carnet de identidad para mil usos de la vida diaria como visitas a fami-

liares fuera del radio de la ciudad o del pueblo. ¿Te das cuenta? Pero vuelvo a mí. No sé si volveré a ser persona algún día. Si así fuese creo que se deberá a los libros, poquísimos, que me dejan tener y que leo y releo, a mi fe religiosa, a mi conformidad y resignación y sobre todo al apoyo espiritual que he recibido siempre de la mujer que tomé por esposa que en estas duras penas ha sabido alentarme y asumir las responsabilidades de jefe de familia. En fin, no te canso más. Como sabes, una sola vez al mes me permiten escribir a las personas que quiero. Hoy te tocó a ti, pues nunca olvido como siempre estuviste presente en los días señalados como santos, cumpleaños, Pascuas. Si supieras cómo te recuerdo siempre en las Navidades y a tus hijos. ¡Nos divertimos tanto juntos de niños! Envía copia de esta carta a la familia. Y para ti y Casilda un gran abrazo con un beso de quien no quiere que lo olviden. Como siempre,

Tu ahijado.

De verdad rompe el alma, dijo Alicia. Es cierto, corroboró Casilda que por primera vez parecía interesada en la conversación. Cuanto más lo pienso más imposible me parece que Toño esté en ese infierno. Ya lleva ocho años encerrado y sin saber de qué delito se le acusa como no sea negarse a ser comunista. A mí me indigna. Y aquí tanto tonto creyendo que allí reina la justicia y que por "quítame allá estas pulgas" se quejan de este país y de la "police brutality".

Yo los quisiera ver en Cuba como pueblo, no como visitantes. ¡Verían lo que es bueno! En una carta que le escribió a Leli, su hija, le contaba que él creía que el régimen alteraba la calidad del alma de los cubanos porque a veces los custodios eran tan crueles innecesariamente que apenas se podía creer. Eso era cuando estaba condenado a muerte. Parece que las torturas emocionales que le hicieron pasar fueron terribles. El no quiere hablar de eso. Es muy fuerte en verdad. Yo vivo rezando por él calladamente, aunque no lo parezca. Pues aunque me lleva bastantes años yo estuve muy enamorada de él cuando apenas tenía catorce años. Es la primera vez que lo digo y, por supuesto, él nunca lo supo. ¡Dios me libre! Se me habría caído la cara de vergüenza ante él y ante su mujer. Pero ¡cómo cambian los tiempos! No sé si hoy actuaría lo mismo. Pues no sé, ya se los dije, si vale la pena ese código de ética de ustedes. Es una moral muy cerrada y hay que vivir ¡qué caramba! ¡Qué cosas tienes, hija! dijo la madre. Te arrepientes de lo que más te enaltece y reafirmas lo que te iguala a la mayoría. Te digo que cada día te entiendo menos. ¡Si te oyera tu padre! ¡La verdad es que la juventud de hoy, no sabe uno qué pensar!

No te preocupes, intervino Alicia, que le pasa lo que a todos los jóvenes: alardean de lo que dicen y no siempre practican porque no están seguros. Cuando uno está realmente convencido de algo no necesita proclamarlo. Fíjate que en este trayecto ya Casilda por dos veces ha dicho que es existencialista. ¿Acaso tú y yo hemos tenido que proclamar lo que somos? No, porque lo somos y ya es bastante.

En tono conciliatorio Lucía dijo: Vamos a dejarlo ahí. Porque quiero preguntarte, Alicia,

¿crees que volveremos a Cuba alguna vez? Bueno, eso es seguro, todo es cuestión de tiempo. El problema está en quienes vuelven. Eso es de lo que no estoy segura. Yo creo que yo no volveré y no porque esté muerta para entonces, no lo creo, sino porque no me atrae volver así. Y no es que sea terca o apasionada. Es que estoy convencida —al revés que la mayoría de los cubanos— de que me desilusionaría profundamente. Ya La Habana no sería la misma ni el resto del país. La gente habría cambiado y yo sufriría mucho. Un abismo emocional por las diferentes experiencias vividas nos harían extraños unos a otros y, tal vez, enemigos. Yo prefiero conservar mi recuerdo que es tan hermoso. ¿Para qué contrastarlo con la realidad? Mira, hace más o menos dos años, cuando estuve en Nueva York, fui al teatro con un amigo a ver por pura casualidad una obra que nos intrigó mucho. Aunque creo que sólo podía llegar a quienes hayan pasado por la experiencia del exilio, de un exilio como el nuestro. No recuerdo bien el nombre. Creo que se llamaba **East Wind**, pero puedo equivocarme. Se desarrollaba en una pequeña tienda de víveres en Londres, como esas que se llaman "delicatessens". No aparecían más que dos personajes. Y una mujer nunca visible, sólo aludida. Los dos hombres se habían exiliado en Inglaterra y procedían de un pequeño país al este de Europa de los que se han transformado en comunistas. Eran los dos del mismo pueblo y cuando podían se entretenían en recordar el terruño y añoraban la patria profundamente. Hablaban de un parque, de los amigos que tenían, de las muchachas de quienes habían estado enamorados en la juventud, y una dulce y al mismo tiempo triste nostalgia los invadía. El más pesimista de los dos solía decir: No te preocupes, cualquier día se restablecen las relaciones diplomáticas y puedes ir. Yo sí estoy convencido de que no lo haré... ¡Quién diablos va a quedar allí que a mí me interese! Finalmente, un día lo previsto pasó y el optimista pudo ir otra vez a su país. Estuvo allí menos de las tres semanas que había proyectado. Cuando regresó, su amigo lo encontró cambiado. Aquella alegría y esperanza que tenía al partir para su tierra natal, la locuacidad que entonces mostraba, habían desaparecido así como el aire juvenil que siempre había tenido. Su amigo le hacía continuas preguntas acerca de su visita a las que él contestaba con el más absoluto y desusado laconismo. ¿Qué es del parque donde jugábamos? Oh, ya no existe. Ahora es una fábrica gris junto a un estacionamiento de bicicletas. ¿Y de la casa donde vivía la chica que tanto nos gustaba? Oh, desapareció. En su lugar hay unas casas feas, todas iguales y descuidadas. ¿Y de la gente amiga que quedó allí? Oh, no vi a nadie. Según parece los relocalizaron a todos para impulsar las granjas agrícolas del Estado. Pero no me vas a decir que no viste a nadie conocido. Hombre, por supuesto que sí. ¿Te acuerdas de doña Natacha? Allí está. Tiene noventa años y casi no recuerda nada. Me costó mucho trabajo que me identificara. Al fin creyó recordar. Pero no pudo decirme nada de los últimos días de mis padres. Y yo no te lo había dicho pero éste fue el fundamental motivo de mi viaje. Luego vi a otra gente. Todos viejos, distraídos, incapaces ya de vida o esperanza, alejados de los hijos u olvidados por los nietos cuyas ideas, costumbres y ambiciones no comprenden. Pocos recuerdan la vida de antes. Los que lo hacen, y aún son bastante jóvenes para recordar, lo hacen con intensa amargura y con un profundo resentimiento contra los que nos fuimos. Curiosamente nos culpan de todos los sinsabores por los que han pasado y nos sienten degradados. En fin, que no debí haber ido. Debí haber hecho lo que tú. Ahora nada tengo que esperar, nada por qué ilusionarme... Y así fue. Porque al otro día se suicidó. Pero la obra termina de modo inesperado. Porque un día, en la trastienda, el amigo que quedó recibe una visita fantasmal. La de su amigo que ya está en el otro mundo y que viste como un espíritu. Al verlo tan claramente, le dice, todavía un poco confuso y descreido: Bueno, ahora al fin estarás contento allá arriba. ¡Qué va, chico, aquí también tiene Stalin el "upper hand"! Y así termina la obra. Una risa sarcástica y estrepitosa cerró el comentario.

Y Casilda, sin dejar de mirar al camino, dijo: Alicia, se rumora que entre las novelas que van a comentar en la conferencia de hoy hay una escrita por un cubano. Los que la han leído afirman que de soslayo se trata el tema de Cuba y que en ella aparecen muchos personajes cubanos. Yo aún no la he conseguido porque desapareció de las librerías de Miami apenas llegada. ¿Tú la conoces? No, ¿cómo se llama? **Rumbo al punto cierto.** Lucía, como volviendo de un largo ensimismamiento, comentó. Como le pasó a mi hijo. Porque de eso es de lo único de que podemos estar seguros, de que vamos hacia la muerte. ¡No me digas, Lucía! Ahora eres tú la que has hablado como una existencialista. ¡Qué existencialista ni ocho cuartos, eso lo sabe todo el mundo! Por supuesto, pero lo cierto es que así no se ha dicho hasta este siglo cuando se ha definido la vida humana como "un ser para la muerte" por lo que el hombre no puede contar con un más allá como se creía antes. Sólo con el aquí y el ahora. Por eso se llaman existencialistas los que

171

sostienen esa tesis. El que dijo lo del "ser para la muerte" fue Heidegger, un filósofo alemán. Pero hay otros: Sartre, Jaspers y aun Ortega y Gasset. Chica, ¡mira que tú sabes!, interrumpió Casilda irónicamente. Lucía intervino para decir: Casilda, respeta a Alicia que muchos debían aprender de ella, incluso tú que tanto tiempo pierdes con esos insufribles programas de televisión. A veces pienso que si tu padre viviera se moriría del susto al verte tan frívola y desasida de todo lo que te enseñamos. ¡Ah mamá! No más monsergas, por favor. Ya te he dicho que ustedes no sacaron nada de no ser frívolos. Sólo sufrir y ser neuróticos, no me vengas. Yo quiero vivir mi vida, ya te lo he dicho. Y nada me importa lo demás. De modo que déjame, ya lo sabes... Un tono de profunda irritación y agresividad marcó el ritmo de sus últimas palabras. Alicia, para aliviar la tensión sólo dijo: Esa es también una afirmación existencialista. Y tal vez tengas razón. Lo que ocurre es que aún no estoy convencida. No los veo, a los jóvenes de hoy, más felices que fuimos nosotros, ¿no es verdad, Lucía? Bueno, no sé. Hoy estoy tan deprimida que todo lo veo negro a pesar de la claridad del día. Y no hago más que pensar en mi hijo. Por eso acepté venir a esta conferencia cuando tú me invitaste... Yo pensé eso mismo, que te gustaría. Además, el muchacho que la da es muy inteligente y muy ameno y está muy bien preparado. Es un brillante profesor en Boston. A mí me han dicho que es "pájaro", ¿es verdad?, preguntó Casilda. Bueno, la verdad es que yo no sé si será homosexual. En todo caso eso no tendría importancia. Ese es un problema personal y nadie tiene derecho a intervenir. Lo que cuenta es su capacidad y todos dicen que es un excelente conferencista. Veremos. Yo tengo una inmensa curiosidad.

A estas alturas habían llegado al lugar donde se iba a dar la conferencia un poco más allá de Hialeah. Era un colegio que había prestado su auditorio para el acto. Mientras Casilda iba a estacionar el auto, lo que nunca es fácil en Miami por los muchos que hay, Alicia y Lucía subieron al salón para lograr buenos asientos. Allí, en el vestíbulo, se encontraron con viejos amigos a quienes hacía tiempo no veían. Alicia parecía conocer a todo el mundo. Y Lucía, quien por mucho tiempo había estado retirada de todo lo relacionado con la vida intelectual o social, volvió a ver a muchos que tenía olvidados. Y otra vez el recuerdo de su marido, ahora tan distante en el pasado, ensombreció su semblante. Pero pronto su tristeza desapareció al recibir los cumplidos de un señor mayor que allí estaba.

Había sido un médico distinguidísimo en La Habana y buen amigo de su marido. Era un hombre extraordinariamente refinado que después de un matrimonio fracasado en su juventud fue a estudiar a los Estados Unidos, y se había vuelto a casar en Cuba al regreso con una mujer preciosa ligeramente mayor que él. Ella no tenía mucho cerebro, pero como era buena, fina y linda, además de ambiciosa, fue una excelente compañera para Elpidio. Tuvieron cinco hijos que en nada, o casi nada, recordaban a sus padres. Tres varones y dos hembras. Los dos mayores eran varones y el más pequeño. Las hembras estaban en medio. Curiosamente, los varones todos eran mediocres y uno francamente bruto, al decir de todo el mundo. Aunque recibieron excelente educación nunca les sirvió de nada. Fue el padre quien los ubicó en la vida y la madre la que les logró matrimonio con muchachas distinguidas y de buena posición en La Habana. En Cuba la vida siempre les sonrió. Ya en el exilio fue otra cosa. Pues a pesar de su excelente dominio del inglés y de sus buenas maneras fueron incapaces de lograr una buena posición en el destierro. Y vinieron a mal en forma tal, incluso físicamente, que más parecían hermanos que hijos de su padre. Las hermanas eran más inteligentes, muy trabajadoras y menos bonitas que los varones para desesperación del padre que siempre había sido un admirador de la belleza de la mujer. Tampoco éstas habían logrado una vida estable. Primero, sus matrimonios no habían sido tan exitosos ni social ni económicamente como los de sus hermanos. Y en el exilio se habían quedado solas. La mayor tuvo que divorciarse porque su marido, inmaduro y charlatán, fue incapaz de adaptarse a ninguna disciplina y refugió sus frustraciones en el alcohol y la disipación. Se le veía en los bares continuamente con mujeres de ínfima reputación. Y se decía —nadie podía asegurarlo— que había tratado de que su mujer lo acompañase en su vida de escándalo y licencia. Incluso se hablaba de que recibía a sus amigos y amigas de parranda en su casa completamente desnudo y pretendía que su mujer aceptase aquello como normal. Ella se negaba y sufría callada. Nadie le oyó una queja jamás. Pero se le veía marchitarse por momentos. Pasaba casi todo el tiempo en la modesta casa que su padre había comprado a la salida de Coral Gables y para lo cual tenía un excelente pretexto. La madre estaba muy enferma y pasaba casi todo el tiempo en cama o en un sillón y necesitaba alguien que la atendiese. Cuando ella murió, Elpidio quedó tan desolado y se sintió tan solo que otra vez la hija pudo justificar sus largas ausencias del hogar. Pero un día la verdad estalló. Y no porque ella la comentara sino porque él, desesperado, acomplejado, inferiorizado por la resignación y madurez de su mujer, pidio el divorcio muy irritado. Para ella, católica hasta la médula, esto fue un golpe atroz pero no tuvo más remedio que aceptarlo. Se mudó a casa de su padre y allí trató —sin lograrlo plenamente— de reconstruir su vida. Su hermana menor ya vivía allí con dos hijos adolescentes. Tres años antes había enviudado de su esposo mexicano que tampoco la había hecho feliz. Su única virtud fue ser muy inteligente pero sin carácter. Era apático, desorientado en la vida práctica y muy neurótico. Hubiera podido ser un abogado notable pero jamás quiso ejercer la carrera. En su temprana juventud, durante la década de los treinta, había estado en París estudiando y se había puesto en contacto con el movimiento surrealista. Por esta vía se hizo un sí es, no es, revolucionario, y alguna vez se creyó marxista y aun comunista. ¡Tanto era su deseo de acabar con el orden social que en su sentir privaba al hombre de su espontaneidad y de la posibilidad de una vida rica en experiencias y con el sabor de la plenitud! Al casarse fue a vivir a Cuba de donde era su mujer. También allí anduvo siempre con la bohemia que se decia revolucionaria. No sería hasta mucho después, cuando pudo palpar en propia carne y por propia experiencia la distancia infinita entre sus ideas y la realidad, que comprendió cuán idiota, ingenuo e inmaduro había sido al querer profundamente no un simple cambio de gobierno sino de sistema. Vio claro entonces que cuanto menos sujeto a valores humanos está el poder, más tiránico resulta aun cuando insista en la igualdad de las fortunas. Porque como decía con sorna un amigo suyo: el régimen comunista no había socializado en Cuba la riqueza sino la miseria.

Comprobar este fracaso que él creía suyo en lo

personal —y tal vez tenía razón— acentuó sus tendencias depresivas. Y ya en el exilio —para compensarlas— se dio a beber y a fumar en exceso. Y algunos decían que hasta se dio a las drogas. Un día la depresión o quizá la vergüenza fueron tan agudas que escapó. Desapareció. Todo fue inútil para reencontrarlo. Posteriormente se supo que había aparecido muerto como un mendigo en una estrecha carretera de Georgia, cerca de Atlanta. Y la autopsia reveló que había estado bebiendo y sin comer por muchos días hasta que el corazón le falló. Su mujer estaba convencida de que se había querido suicidar y que incapaz por su apatía de llevar a cabo su resolución la había logrado por la vía del alcohol. Blanca, desde su desaparición, tomó totalmente las riendas de la familia, volvió al seno de la casa paterna y se consagró a la educación de sus hijos ayudada por su padre. Pero sufría mucho. Ella, sin poder explicárselo, era excesivamente débil y consentidora con los hijos, que ya no eran tan niños, doce años tenía la niña y trece el varón. El abuelo se alteraba y habitualmente estaba hosco y enfadado especialmente después de la muerte de la esposa. Blanca se atormentaba. Por un lado comprendía las razones de su padre. Por otro creía que era su obligación defender el derecho a la alegría y a la espontaneidad de sus hijos, pues solía pensar muchas veces que el fracaso de ella y de su hermana como mujeres radicaba en que habían sido educadas en un ambiente excesivamente refinado y puritano que les había impedido ejercer sobre sus maridos la intensa influencia que suelen tener las mujeres guiadas solamente por sus instintos, sus apetencias o sus caprichos. Y aterrada ante la perspectiva de que sus hijos viviesen una vida igualmente frustrada, prefería caer del lado de la libertad y de la tolerancia. El traslado a la casa de su hermana Carolina, después de su divorcio, le dio una gran alegría y un gran consuelo. Con ella podría compartir la responsabilidad de mantener en su debido centro la armonía doméstica. Pues aunque eran muy distintas, siempre se habían llevado muy bien.

Esa tarde de la conferencia Elpidio había ido atraído no por el tema sino por el conferencista. Era hijo de un abogado muy amigo que había muerto años antes. Y él, como inteligente al fin, admiraba la ejecutoria del muchacho y solía ponerlo de ejemplo a sus nietos en la casa. Porque con los otros, retoños de sus otros hijos, apenas tenía contacto desde que se establecieron en el exilio. Los hijos del mayor vivían en Hartford, Connecticut, donde el padre había logrado una posición bastante secundaria en un banco. Pero afortunadamente los muchachos parecían haberse encauzado bien. Uno acababa de graduarse de Bachelor in Arts en Trinity College y el otro quería hacer una carrera como psicólogo en Yale University. Por el momento estaba terminando la preparatoria con una beca en una escuela para muchachos bien al nordeste del estado. Sus otros nietos vivían en Fort Lauderdale, pero rara vez los veía. Y no habían querido estudiar. Habían puesto una gasolinera y preferían dedicarse a su negocio. "Las carreras no daban nada". El abuelo rara vez los veía.

Al encontrar a Lucía en la conferencia la cara de Elpidio resplandeció con una alegría largamente olvidada. Años atrás, en La Habana, cuando ambos matrimonios participaban juntos en diversas actividades sociales, Elpidio se sintió siempre atraído por la elegancia, serenidad y "savoir faire" de Lucía. Y algunas veces tuvo la impresión de que la atracción era mutua. Pero nunca pasó de ser un vago sentimiento. Pues él estaba profundamente enamorado de su mujer además de ser muy amigo del marido de Lucía. Esta, a su vez, siempre pareció feliz con su esposo y tenía por Elena, la mujer de Elpidio, una verdadera amistad.

Ahora las circunstancias habían cambiado totalmente. Sólo que para él ya era muy tarde. Había cumplido recientemente setenta y cinco años, aunque no lo parecía, pues se había mantenido como siempre, delgado, y conservaba la agilidad mental y la fácil sonrisa, con un leve matiz de ironía, que habían sido sus características.

Cuando vio a Lucía, aunque todavía la encontró bella y distinguida, no se lo dejó saber. Esta había sido siempre su manera de reaccionar frente a las mujeres que le interesaban. Era como una cierta timidez que nunca había logrado vencer. Por eso, la gente decía que era Elena quien lo había enamorado a él y no a la inversa. El sabía que no era verdad. La primera vez que la vio quedó flechado. Nunca pudo explicárselo. Lo dejó extático aquella mujer espléndida, con una juvenil madurez, plena en sus formas, de blanquísima e inmaculada piel, de grandes y rasgados ojos, de fina nariz, linda boca y pelo abundante y negrísimo que hablaba con inigualable dulzura y cantaba como una alondra. Jamás se había cansado de admirarla. Pese a ello alguna vez cayó en el lazo de la aventura fácil, más por halago de su vanidad masculina que por auténtico deseo. Por eso se lo reprochaba luego y un intenso sentimiento de culpa lo agobiaba. En esas ocasiones hubiera sido capaz de hacer lo innombrable por complacer a su esposa.

Ahora libre, con Lucía frente a él libre también, fue incapaz de una reacción vivaz y espontánea. Le parecía que todos lo miraban. También que Elena estaba allí pronta a reconvenirlo por cualquier exceso en la atención a otra mujer, con sus celos dulces y suaves que tanto lo habían complacido. En Lucía, mujer al fin, la reacción fue más espontánea. Más entusiasta. Al verlo, el aire deprimido que traía desapareció. Y muy naturalmente le dijo, al tiempo que le estampaba un beso en la mejilla a tono con la costumbre americana: ¡Hola, Elpidio. Cuánto tiempo sin vernos! Eres un ingrato. Muchas veces he pensado llamarte, pero luego algo pasaba y nunca lo he hecho. Tal vez sí porque todavía no me hago a la idea de que es lícito que una mujer llame a un hombre, aunque nosotros debíamos estar ya por encima de esas boberías. El la miró fascinado y, roto el hielo, le dijo: Me habrías dado un gran placer, pues yo sólo voy a la consulta y trato de llegar a casa lo más pronto que puedo. Desde que murió Elena he concentrado mi interés en regar el jardín, en cuidarlo, y en leer como siempre. Pero ahora no puedo hacerlo como antes porque la vista me falla. De modo que llámame siempre que puedas. Me darás un gusto.

La quieta y placentera conversación fue interrumpida por Alicia, quien después de saludar a Elpidio, ¿cómo está doctor?, les avisó que la conferencia iba a comenzar.

La sala estaba totalmente llena. Verdad es que el auditorio de la escuela no era muy grande. Se había improvisado en un salón del piso alto. Pero cabían en él más de cien personas. Y ese día hubo que añadir algunas sillas.

El conferencista era un joven rubio de edad imprecisa. Tal vez tendría entre cuarenta y cuarenta y cinco años pero parecía mucho más joven. Fue presentado muy sumariamente —porque así lo pidió— por el organizador del acto, un abogado que era condueño de la librería que había propiciado los medios para la conferencia.

Después de las usuales palabras de gratitud y saludo, el conferenciante se excusó porque iba a leer las cuartillas en vez de decir su conferencia como era su costumbre. En esta ocasión —explicó— había preferido la letra escrita porque el tema era apasionante y él se sentía de alguna manera implicado, por lo que creía que sería más claro, sereno y objetivo, hasta donde fuera posible, si leía.

Mientras decía esto con su voz llena, pausada y bien timbrada y con su impecable dicción, las muchachas jóvenes presentes que eran bastantes lo miraban arrobadas. Llamaba la atención con su figura alta, delgada y bien proporcionada. Su cara más bien aguileña, de buenas facciones, tenía cierto aire místico pese a sus grandes ojos pardos y a su boca riente y más bien sensual. El pelo ondulado de un rubio oscuro un poco más largo que lo usual, a tono con la moda imperante, la enmarcaba a perfección.

Alicia, buena amiga de su madre solía decirle —porque así lo sentía— que le recordaba "El Caballero de la Mano en el Pecho", del Greco. Y él sonreía agradecido al comentario murmurando con fingida modestia: Tú siempre tan amable, pero sin negar el parecido.

Una muchacha del auditorio que también lo admiraba pero que sabía su historia comentó a sus amigas en un tono entre jocoso y amargo: ¡Qué desperdicio! ¡Tan guapo como es! Y pensar que no le gustan las mujeres. La culpa la tiene la madre. Mi tía que la conoce bien dice que es una bruja. Puso todo su interés en la carrera de él, pero para ella. Y ahí está el resultado. Le metió tanto miedo a las mujeres que él se escapó por el otro lado. Y lo peor es que ahora lo tiene menos que nunca y se ve privada de nietos que tan feliz la harían. Porque él no vive con ella sino con su "room-mate" como aquí se dice. ¡Niña, cállate!, que te va a oír. Entretanto, la lectura había comenzado.

La novela cubana en el exilio.

Debo comenzar estas cuartillas haciendo una pregunta. ¿Existe la novela del exilio? No es fácil la respuesta. Si se atiene uno al hecho de que cubanos exiliados han escrito novelas, sin duda existe. Pero estas novelas casi nunca se refieren a experiencias del destierro. Regularmente se sitúan en el pasado, teniendo como suelo y como nutriente la patria dejada atrás. Y se explica. Como ya lo han reconocido muchos la novela es un género tardío que aparece sólo cuando las experiencias vitales se han hecho complejas y de larga duración y ningún otro género literario puede dar cuenta de ellas cabalmente. Lo prueba el auge presente de la novela en nuestra América y en otras latitudes. Es que el mundo se ha hecho incomprensible, inexplicable por las vías de la lógica y de la razón discursiva. Y sólo por la poesía o la novela puede el hombre hoy buscar claridad en este mundo confuso. Y el exilio es, tal vez, de las experiencias humanas más perturbadoras. Si a eso se añade que el exilio cubano es de duración muy reciente tendremos la explicación de por qué es difícil todavía hallar una novela del exilio. Para la comunidad cubana apenas tiene diez años como norma general. Algunos llevan algo más, muchos bastante menos. Y este período de tiempo es corto para acendrar y sintetizar las experiencias y la cosmovisión que una novela necesita. Eso explica que tengamos ya algo así como una poesía del exilio, una historia o una más o menos teoría sociológica y política. Pero con la novela es otra cosa.

He leído casi todas las publicadas hasta ahora y muchas me parecen notables. Pero, repito, su tema no es —tal vez aún no puede ser por lo apuntado— la angustiada y radical condición del hombre ya exiliado, sino a lo más, las motivaciones y angustias del hombre a punto de exiliarse. Citar ejemplos sería inoperante, pero pueden ustedes constatarlo si se toman el trabajo de leer las novelas publicadas por cubanos en el exilio, que son bastantes por cierto. Aquí en Miami hay una excelente bibliografía compilada que pueden encontrar en la biblioteca de la universidad. Y seguramente —dicho sea de paso— la librería que propició este acto debe tener muchos de esos libros. Por eso he preferido hoy dedicar estas cuartillas al comentario de una sola novela que en mi opinión inicia por su problemática lo que he llamado **La novela del exilio**.

La novela en sí tiene una curiosa historia. Fue publicada el año pasado en condiciones nada usuales. Realmente sorprendentes. No creo que pueda reputarse como una gran novela. Y esto sea dicho en primer término y enfáticamente. Frente a la gran novela hispanoamericana de hoy que nos ha dado obras como **Pedro Páramo**, **Rayuela**, **La región más transparente**, **Paradiso**, **La Casa Verde**, **Los Pasos Perdidos**, **Cien años de soledad**, **Sobre Héroes y Tumbas** o **La Vida Breve**, por no citar sino unas pocas, la novela que se va a analizar queda en otro plano. Sin embargo, es una novela sumamente intrigante y esto en muchos sentidos y que plantea —repito— problemas sólo posibles para el hombre que se ha exiliado.

Comencemos por su título: **Rumbo al Punto Cierto**. Pocas veces una novela ha tenido título más ajustado y preciso. ¿Se percató su autor cuando lo eligió de todo lo que con él implicaba? Si aguzamos el análisis veremos que ya está en él planteado el verdadero problema de todo exiliado. Y me he preguntado si el autor al escribirlo no estaría ajustándose —sin saberlo posiblemente— a la recomendación de Andre Breton en el primer manifiesto surrealista de permitir el libre fluir de la escritura sin pasarlo por el tamiz de la razón o por ningún otro. Para analizar este título veamos las palabras que lo forman.

Ya la palabra Rumbo nos presenta un problema inicial. El de algo o alguien que no está donde supuestamente quiere estar. Y pregunto: ¿Hay algún exiliado, aun en las condiciones óptimas, que se sienta a plenitud donde está? Todo exiliado se siente un poco a la deriva, no se siente totalmente estable. Es que el exiliado ha perdido no sólo la raíz telúrica, física, de su tierra, sino también su sustrato social, vital, emocional. Pero no se puede vivir a la deriva. La vida para ser necesita un minimum de estabilidad. Aun las necesidades primarias que el hombre comparte con los animales requieren para su consumación un cierto estar en un sitio. Imposible dormir, cohabitar, o hacer otras necesidades mientras se anda. Por eso inmediatamente viene la otra palabra, a. Es una preposición que en español indica ya dirección. El rumbo, en otras palabras, se dirige a un sitio. Ese sitio puede, o no, estar determinado. Si determinado, el nombre del lugar a donde se hace rumbo aparecería. No ocurre así en el título que se analiza. El rumbo no tiene sitio fijo o concreto que lo oriente. Es sólo un **Punto**. Un ente abstracto. Un punto así, innominado, es algo aun incierto, inestable. Carece de la cualidad básica que dé orientación. Por eso hay que añadirle un adjetivo que lo precise. Será no un punto cualquiera, sino un punto **Cierto**. Es decir un punto que ofrezca total amparo, seguridad plena. Y pregunto, ¿qué seguridad total puede garantizarse a la vida humana como no sea la de la Muerte?

Aun es pronto para saber si en la novela fue esto lo que se quiso decir. Tengo para mí que así fue. Pero fue sólo como expresión de una íntima y arraigada creencia que no pasó por el tamiz de la razón, sino que brotó de la intimidad más recóndita con la fuerza del agua de un manantial que busca la salida.

Y pasemos al tema, si es que hay uno. Porque bajo una apariencia simple esta novela es sumamente compleja. Y presenta muchos ángulos. Para que puedan seguirme en el análisis hago un sumario de su asunto para los que no la hayan leído, que imagino será la mayoría.

La novela es la historia de un joven cubano exiliado que en más de ocho años de exilio no ha logrado arraigarse en ningún sitio, estabilizarse, ni física, ni económica, ni emocionalmente, aunque muchas tentativas hizo para ello. Al comenzar la novela tiene treinta años y ya cuenta en su haber un matrimonio fracasado que se desbarató en el exilio y un hijo que cría la madre del protagonista. Y, al parecer, una serie de fracasos profesionales. A partir de aquí se teje la historia.

Comienza en el aeropuerto de Nueva York y a través de una prosa ágil y fluida nos enteramos de que el joven va a Europa a establecerse y a buscar el ancla segura para su vida que todavía no ha encontrado. Pero poco se nos dice de su proyecto concreto. De un modo vago nos enteramos —un poco de pasada y ya bien entrada la novela— de que planea organizar un negocio de libros en Roma. Al principio, más bien asistimos como espectadores al espectáculo de lo que ocurre en el interior del protagonista y de lo que pasa en su más inmediato espacio. Usando en la narración la primera persona nos informa de sus antecedentes, de todo su "background" social y personal. Sabemos así que es cubano, de familia profesional e intelectual, de sus lecturas, de su desasosiego, de su matrimonio y divorcio, de sus recuerdos de Cuba así como de sus olvidos y de las imágenes fijas que de algún modo entorpecen su asiento en un mundo estable. La memoria es recurso fundamental para introducirnos en el mundo interior del personaje que de modo muy sutil se autoanaliza. Pero también nos da cuenta del mundo que le rodea en ese viaje. Pocos datos descriptivos acerca del pequeño espacio en que se mueve, el de un avión. En cambio, muchos, de los seres humanos que con él comparten la travesía. Así aprendemos no poco no sólo de él sino de los que lo rodean vistos desde la intimidad del narrador. Con esta técnica en que se entremezclan continuamente el monólogo interior con la visión exterior nos informamos de algo sumamente interesante. Pese a su matrimonio, pese a muchas aventuras previas, este hombre no ha alcanzado la madurez necesaria para tratar con la vida a nivel adulto. Su identificación y dependencia de la figura paterna es tan fuerte que aún no puede vivir desde sí. Un incidente aparentemente fortuito lo pone en el camino de la auténtica madurez. Y como primer síntoma de su nuevo estado escribe una carta a su madre exigiéndole que devuelva su hijo a la madre real, a la mujer de quien él se divorció por inmadurez. Sólo leeré aquí el comienzo de esa carta. Pues siem-

185

pre me ha asaltado el temor de que la historia que es el nudo de esta novela sea real. Y tengo el natural pudor de no poner en mi voz nada privado, aunque esté escrito y publicado. Y es porque la voz humana trasciende los límites de lo escrito. El calor, la inflexión, el ritmo y aun el timbre le añaden un "plus" que altera siempre el mensaje original. La carta en cuestión comienza así:

Madrid, abril de 1968.

Querida mamá: Sé que no me vas a comprender, pero trata, por favor. Me refiero al problema de Carlitos...

A Lucía le temblaron las piernas. Un profundo malestar la invadió y sintió que se iba a desmayar. Se hubiera ido corriendo, huyendo... El misterio detrás de la muerte de su hijo se había desvelado. Pero ahora quería oír más. Con el corazón saltándole al punto de creer que no podría controlarlo hizo esfuerzos inauditos para permanecer allí. Palidecía por momentos. Se daba cuenta. Alicia, a su lado, no se percató del hecho, tan absorta estaba. Pero sí Elpidio, al otro lado, que solícito le preguntó: ¿Te sientes mal? A lo que ella repuso. Es que hay mucho calor aun con el aire acondicionado. La cabeza de Lucía era un torbellino. ¿Comentaría el problema con su hija, o con Alicia, tal vez con Elpidio, o sería mejor callarlo por siempre? Después de todo ella jamás había enseñado o comentado esa carta a nadie ni con nadie. Deprimía demasiado su "ego" para hacerlo. Y siempre hizo aparecer la entrega de Carlitos como un hecho natural, lógico. Con el padre en Europa ella se sentía incapaz de afrontar sola la responsabilidad. Luego la desaparición de su hijo le brindó una más profunda justificación.

Cuando Lucía pudo volver a escuchar, un gran rato después, el conferenciante seguía:

Aún otro dato, al parecer baladí, da que pensar en esta novela y es que parece confirmar una concepción fatalista de la vida. En algunos momentos casi mágica. Ya lo anuncia el título. Y culmina en su desarrollo. La vida del protagonista parece seguir una trayectoria prefijada a su punto final o cierto. La predicción o anunciación de un astrólogo chileno que aparece en la trama lo dice. El protagonista moriría coincidentemente con su amigo Miguel. La vida como destino, más que como posibilidad abierta al infinito, está detrás. También esto denota —para mí— una novela de exilio y sólo de exilio. Porque únicamente el hombre que ha perdido su raíz por causas ajenas a su voluntad —como en el caso del árbol desarraigado por la fuerza del huracán— puede sentir la vida como destino.

… … … … … … … … … … … … … … … …

La conferencia llegaba a su término:

Muchos otros problemas plantea esta novela para el que sepa leer como se debe. Pero mi función aquí es invitar a la lectura y no agotar por eso la interpretación. Baste decir que hay en sus páginas un muy fino discernir sobre algunos aspectos del alma femenina y algunos atisbos muy sugerentes sobre la relación hombre-mujer. También muchas ideas y opiniones sobre la educación, los problemas del "ghetto", sobre la literatura, sobre la pintura y mil otros fenómenos de la vida que confronta al hombre de hoy. A eso puede añadirse que es posible recorrer y casi visualizar los espacios en que se mueve la novela. Así Madrid y sus alrededores, Toledo, Aranjuez, San Lorenzo del Escorial, el Valle de los Caídos, cobran vida en sus páginas y en algún momento las descripciones adquieren casi un matiz poético. Y dejo aquí el tema del libro.

Pero no quiero terminar sin llamar la atención sobre algunos aspectos de su técnica. Lo primero que salta a la atención del más ignaro es el hecho de que el protagonista vive y muere sin que jamás logremos saber su nombre. Claro que porque se usa la técnica del monólogo interior y la primera persona en toda la primera parte de la novela. Pero es sorprendente como con esta técnica pueden crearse ambientes y situaciones sumamentes complejos. En ocasiones parece que pudiésemos respirar el aire de los espacios creados. Y ver y oír hablar a los que lo pueblan.

Otra novedad, que ya ha sido usada por la novelística contemporánea, es hacer circular por sus páginas muchos personajes reales y aun vivos en su mayoría que el autor quiere destacar. Escritores, pintores, políticos, profesionales —sobre todo cubanos— alguna vez aparecen en la narración.

La novela está dividida en dos partes perfectamente divididas o separadas pero no en capítulos. Cada una representa un círculo completamente cerrado. La primera parte, como ya dije, está toda escrita en primera persona. Y abarca todas las peripecias del viajero desde que sale de Nueva York hasta que el avión definitivamente lo deja en Roma. En el interregno él ha visitado Portugal brevemente y con algún detenimiento

Madrid. Sus reacciones e impresiones de los lugares que visita y de las personas con quienes trata están pormenorizadas con minuciosidad sorprendente. Así nos hace vivir e identificarnos con él.

En la segunda parte la técnica cambia. El autor adopta la posición del narrador ubícuo y usa la tercera persona. Esta parte se desarrolla casi en su totalidad en Madrid también y, otra vez, abundan las descripciones, algunas veces muy prolijas, como la que se hace de la rosaleda del Parque del Oeste. Casi pueden verse las rosas irguiéndose en sus tallos.

La novela termina con una nota melancólica, pero no amarga, lo cual es otro de los aspectos a destacar en esta obra, pues pese a reflejar una de las tragedias del mundo contemporáneo, la del éxodo, todo se resuelve con una naturalidad confiada que revela una actitud sana ante la vida, aquella que la acepta en lo que tiene de inevitable y más allá de las humanas fuerzas. Pero no digo más. Sólo recomiendo la lectura y espero que otros juicios se sumen al mío ya que hoy lo que he querido presentar es esta obra como una de las pocas que realmente se escribe desde el exilio como raíz y como tema. Nada más. Muchas gracias por la sostenida atención.

oOo

Los aplausos apagaron las últimas palabras y súbitamente los asistentes rodearon al conferencista asediándolo con preguntas. La más insistente era, como es de suponer, ¿ha podido saberse quien fue el autor?...

Lucía escuchaba aterrada la reiteración de la pregunta. Ya ella se había convencido de que era su hijo. Pero no habiendo leído el libro tenía temor, no enteramente injustificado, de que se revelaran en él secretos de familia. Además, ya más en control, había tomado la decisión de no identificarse ni identificar al autor de la carta comentada y que tanto había deprimido su orgullo. Ese secreto iría con ella a la tumba. Ni sus hijos lo sabrían. A Casilda nada le diría. Y con sus hijos de Cuba no había que contar. Era un penoso recuerdo que prefería olvidar.

Pero ahora, de modo casi milagroso, podría saber qué hubo detrás de aquella carta. ¿Por qué su hijo se decidió a escribirla? Ella estaba segura de que había sido por alguna mujer, sólo que nunca pudo estar cierta de si no habría sido la propia madre de Carlitos. Unos celos enormes de mujer pospuesta la habían consumido siempre con respecto a esa carta. Y ahora sabría la verdad, toda la triste verdad.

Luego de mirar el libro con curiosidad no disimulada le dijo a Alicia y a Casilda ¿nos vamos? Elpidio, a su lado, le recordó: Llámame a la consulta. Te puedo recoger cualquier día para almorzar, pues como te dije, no trabajo por las tardes. No te preocupes, que lo haré. Estoy bien sola. Un acento muy profundo matizó la frase.

Elpidio se retiró en seguida. Una de sus hijas lo había venido a buscar, y siempre considerado, no quería hacerla esperar. Lucía, con su hija y su amiga, pronto subió al auto y se fueron rumbo a la playa. Distraída y pretextando un gran cansancio, se abstuvo de participar en los comentarios de ellas.

Aquella noche le fue sumamente difícil conciliar el sueño. Ya tarde, pasadas las doce de la noche, se tomó un calmante y se durmió.

oOo

A las diez de la mañana la despertó y sobresaltó el timbre del teléfono. Con su voz amodorrada contestó con su habitual Hello! La voz de Elpidio, siempre irónica, le dijo: Yo nunca pensé que fueses dormidora de mañana. No lo soy, dijo ella. Lo que pasa es que tuve una mala noche. La conferencia me hizo daño. Ir a un acto, después de haber estado aislada mucho tiempo por falta de deseos de nada, para encontrarme con el comentario de un libro en que el protagonista es un joven que se muere. ¡Hay que ver! Me removió todos los recuerdos de mi hijo y me pasé la noche sobresaltada y a ratos llorando, aún no sé si dormida o despierta. Me siento muy sola. Mis otros hijos tienen su familia y se han resignado a quedarse en Cuba. Y Casilda es poca compañía. Dice que tiene que vivir su vida. Ya sabes como es la juventud ahora y más aquí... Me imagino. Por eso te llamo, para que te despejes un poco y para invitarte a almorzar hoy. ¿Qué te parece?... Encantada... ¿Te conviene a la una y media? Yo termino la consulta a la una. ¿Dónde quieres comer? Pues tú sabes que yo como muy poco... Donde tú quieras, lo importante es que nos reunamos... Está bien, estate lista a la una y media sin falta... Lo estaré, no te preocupes, no he olvidado lo impaciente que eres. Hasta luego, entonces, dijo él. Hasta luego, y Lucía colgó el receptor.

Saltó de la cama en un santiamén con no disimulado gozo. Casilda había salido temprano para su trabajo y —como de costumbre— lo había dejado todo regado. Lucía, después de lavarse los dientes como hacía cada mañana se fue a desayunar. No se tomó el trabajo de hacerlo en el área de comer. Lo hizo en la propia cocina, así andaría más deprisa. Se bebió un zumo de naranjas, se comió un huevo pasado por agua y una taza de café que preparó con Nescafé. No le puso azúcar, ni crema o leche. Como era tarde no quería llenarse para el almuerzo.

Después de fregarlo todo y mientras recogía el pequeño apartamento no hacía sino pensar en la invitación de Elpidio. La sorprendía, aunque era explicable. El también debía sentirse muy solo. Y ella siempre le había gustado. Esto lo sabía. Al pasar por el baño recordó que debía ponerse un poco de crema en la cara para suavizar la piel y parecer un poco más fresca. Y rápidamente extendió un poco de "cold-cream" por el rostro. También por el cuello. Y siguió haciendo sus quehaceres. Al levantar el sofá-cama en que dormía Casilda se le rompió una uña y maldijo a Fidel. Tendría que cortársela al ras y esto afearía sus manos de las que siempre había estado tan orgullosa. Pero pronto lo olvidó inmersa en el proyecto de almorzar con Elpidio. Se arreglaría lo mejor que pudiese, pues sabía la atención que prestaba él al arreglo personal. Como que su mujer había sido una de las mujeres más presumidas que ella había conocido. ¿Qué vestido se pondría? Pensó en uno azul marino muy deportivo y apropiado para un almuerzo. Pero pronto desechó la idea. No era ese el color que más la favorecía, mucho menos con lo cansada que estaba. Pero se anudaría un pañuelo de gasa blanca al cuello, con suma coquetería, para refrescar el color y también para esconder los estragos que el tiempo había hecho en su garganta que con tanto aire sostenía su cabeza como, piropeándola, su marido solía decirle. Y llevaría bolso y zapatos blancos. Y en ausencia de las joyas que su marido le había regalado y que tuvo que dejar en Cuba para poder salir, usaría unos simples aretes de pasta blancos y una pulsera redonda del mismo material.

Habiendo terminado la limpieza y arreglo del modesto apartamento y decidido lo que se iba a poner a las doce se fue a la ducha. Volvió a untarse crema y al ducharse puso su cara engrasada bajo la ducha caliente para limpiarla bien. Ese había sido siempre su único tratamiento de belleza. Mientras se enjabonaba pensó como su cuerpo, a pesar de la edad, conservaba cierta tersura y firmeza que todavía no lo hacían repudiable.

Se secó con movimientos fuertes para promover mejor la circulación, se lavó otra vez los dientes y se maquilló con esmero, aunque discretamente. Luego se cepilló el pelo y se peinó como siempre. Al mirarse en el espejo se sonrió a sí misma con un gesto aprobatorio. Con respecto a la tarde anterior diez años habían desaparecido de su faz. Y rápidamente se vistió, pues siempre había tenido la costumbre de hacerlo después de maquillarse pues así quedaba más natural. Ya lista, se perfumó como era su rutina. Lo hizo con el agua de tocador de Pertegaz, Diagonal. Desde que su hijo se la había mandado desde España era el único perfume que usaba como homenaje a su memoria y también porque le gustaba.

Y con su bolsa al brazo y un abanico para defenderse del intenso calor de Miami, a la una y media en punto estaba bajando las escaleras para esperar a Elpidio. Casi no tuvo que hacerlo porque apenas dos minutos más tarde él estaba recogiéndola. Mientras le abría la portezuela del auto con caballeresca gentileza ella pudo ver un brillo de aprobación en sus ojos azules, velados siempre por los cristales ahumados de los anteojos. Y le dio un beso cargado de ternura. Pero de sus labios sólo salió un escueto ¡Hola! que sonó casi seco. Lucía sabía que él siempre había

193

sido un poco tímido al tratar a las mujeres. Primero controlado por un padre autoritario y una madre excesivamente puritana y dominante y luego casado con una mujer preciosa algo mayor que él y muy celosa, su trato con las mujeres estuvo siempre presidido y precedido por una atmósfera de temor que consecuentemente lo inhibía. Y parecía que, desaparecidos ya todos los obstáculos, la actitud persistía. Pero era ya mucho, conociéndolo, que la hubiera llamado para invitarla. Lucía así lo reconocía. Y aún otro detalle la corroboró en la complacencia de él con su compañía porque tan pronto subió al auto, antes de tomar el volante, le entregó un pequeño paquete envuelto en papel blanco con cinta y lazo azul celeste. Sólo entonces fue que dijo algo parecido a un piropo. Pensé que te gustaría tenerlo y que te recordaría nuestro reencuentro. Ella abrió el paquete con no disimulada impaciencia. Al ver lo que era saltó de alegría y con inopinado impulso lo besó en la mejilla y le dio las gracias. El se puso más rosado de lo que era y muy recatado le dijo. No sabía que te iba a alegrar tanto con ese libro. Es que pensé que te agradaría leer la novela de ayer. No sabes como me complace haber acertado. Y arrancando el motor le preguntó ¿dónde vamos? Donde tú quieras, ya te lo dije. Lo importante es que podamos conversar... Es que a ti te gusta comer bien y me imagino que ahora no puedes hacerlo como estilabas, de modo que te llevaré al Vizcaya. A esta hora no debe estar lleno y mucho menos siendo día de trabajo. Allí podremos conversar a gusto. Y se dirigieron a la ciudad por una de esas nuevas vías que unen Miami Beach con Miami City. El sol era tan intenso que cegaba. El mar de un azul profundo parecía bordado de lentejuelas de plata y oro que ondulaban con la brisa. El aire marino era tonificante. Las lanchas de motor circulaban con la mayor rapidez dejando una estela de espuma que poco a poco desaparecía. El verde de los jardines —Miami es un gran jardín creado por el esfuerzo humano en arenales robados al mar— era estimulante. El paisaje llenaba el alma de contento. Por un rato permanecieron callados. Posiblemente ambos se dejaban invadir por los recuerdos del mar de Cuba que aquel paisaje inevitablemente provocaba.

Mientras, Lucía contemplaba las manos finas de Elpidio adosadas al volante. Veía agrandadas las manchas sepia que la edad produce, las venas abultadas para dar mejor paso a la sangre que ya circulaba con dificultad, y la piel seca y la carne magra ya carente de tejido con que cubrir el esqueleto que las sostenía. Y pensaba en la vejez y lo desagradable que resulta. Pensar que aquellas eran las misma manos finas y elegantes, de dedos largos y bien formados que ella había admirado muchos años antes porque le parecían indicio de un alma delicada y nada vulgar. Sin saber por qué tuvo entonces unos infinitos deseos de llorar...

Afortunadamente, la voz de Elpidio la sacó de sus cavilaciones. La primera palabra fue para Cuba. Tú sabes, cada vez que veo esto recuerdo Cienfuegos donde yo nací. Me paraba de niño en el muelle, frente al mar, y contemplaba el brillo del sol en el agua con arrobo. Podía estar allí horas enteras porque aunque éramos ocho hermanos yo fui siempre un solitario en contraste con el bullicio y sociabilidad de ellos. Sólo mi hermana Lilia se me parecía un poco pero en aquella época las niñas se quedaban en casa. Y yo no tenía nadie de mi edad con quien hablar. Por eso me serenaba y encantaba el mar.

El y yo estábamos solos, uno frente al otro. Y yo me abismaba en su contemplación. Esa amistad mía con el mar no ha terminado nunca. Y por lo único que sufrí con mi mujer fue por su aversión al mar y al sol que me privaba de lo que habría sido mi gran pasión deportiva: tener un yate y salir a pescar. Por complacerla a ella no lo hice nunca. Pero no me quejo pues siempre Dios me ha concedido el poder vivir junto al mar. Primero en Cienfuegos, después en el Malecón de La Habana cuando empecé a ejercer mi carrera y luego en Miramar. Y ahora aquí en Miami, en este exilio tan duro, topo con el mar a cada instante. A veces pienso que en lugar de en un cementerio me deberían echar al mar cuando muera. Sólo que no te rías, pero le tengo tanto miedo a los tiburones, que aun después de muerto me aterra que me coman. Ya sé que es infantil, pero es así.

Lucía lo oía extasiada. Siempre había admirado su inteligencia y precisión al hablar. Y ese tono de íntima ternura que daba a cuanto decía. Sólo que ahora fluía más libremente, como si antes —cuando su mujer vivía— hubiera estado siempre amordazado. Y le dijo cuando él terminó. No me extraña que hayas sido un niño solitario. Siempre la gente muy inteligente lo es de alguna manera. No están al mismo nivel y, en general, los demás los resienten y les dan fama de pesados. Yo pude comprobarlo con mi marido. Era así. Sólo que tanto tú como él tuvieron la suerte de casarse con mujeres sociables. Y eso evitó que se encerrasen demasiado en sí mismos y se transformasen en una especie de monstruos. ¿No te parece?... Tienes razón, pero en eso yo soy mucho más salvaje que era tu marido. Al cabo él fue siempre más dueño de sí en una situación social y nunca parecía infeliz en un grupo. Lo recuerdo muy bien. En cambio yo no puedo disimular mi aburrimiento e impaciencia. Y me busco muchos problemas. Luego lo lamento, pero no lo puedo evitar. Lucía repuso: Bueno, eres así, ¡qué puedes hacer! Y todos tus amigos lo saben y te lo perdonan porque admiran tu fantástica inteligencia y tu bondad. Yo, personalmente, es esto lo que más admiro. Porque la inteligencia sin bondad puede ser muy dañina y siempre es abominable. ¿No te parece que es esto lo que le ha pasado a Fidel? Si hubira sido bueno habría podido hacer en Cuba una revolución ejemplar, realmente humanista y "tan cubana como las palmas" —como alguna vez hipócritamente proclamó— y sin tener que copiar la revolución rusa o someterse al imperio de Moscú. Yo nunca le perdonaré como él deshizo —como elefante en juguetería— el tesoro de amor, devoción, ideal y esperanza que todos habían depositado en él. Y es que en su personalidad tienen más fuerza el odio y el resentimiento por su origen, que el amor y la gratitud. Esto es lo que lo diferencia de Martí a quien tanto ha querido parecerse. ¿No crees? Tienes toda la razón. Pero, ¿no te parece que nos estamos poniendo muy solemnes y hasta preocupados? Yo pensaba que este almuerzo iba a ser muy alegre. Y ya ves, el problema de Cuba, como siempre, nos asalta y no nos deja vivir ni disfrutar como todo el mundo. Es verdad, respondió ella. Es que nadie escapa del pasado. Pero hablemos de otra cosa. ¿Qué te pareció la conferencia de ayer?... A decirte verdad, casi no la oí. Al encontrarte se desató el rosario de mis recuerdos y tan absorto estaba que las palabras me resbalaban como si fueran dichas en otro idioma... Muy coqueta —parecía mentira que aun recordara como serlo— Lucía preguntó: ¿Qué recordabas?...

Tomado por sorpresa Elpidio pensó por un momento su respuesta y, muy turbado todavía, respondió: Chica, ¡qué iba a recordar! Los años que hace que nos conocemos, la primera vez que te vi. Seguro que tú no lo recuerdas. Fue en el Yacht Club. Yo estaba en la terraza con mi mujer y llegaste tú con Carlos que había ido junto conmigo a la Universidad y habíamos sido amigos desde entonces. Mi mujer lo admiraba mucho y fue ella la que me llamó la atención. Yo te confieso hoy que me hiciste una tremenda impresión. Aun puedo verte en mi memoria con un traje verde muy claro caminando airosamente apoyada en el brazo de tu marido. Y recuerdo que lo primero que me llamó la atención fue la belleza de tus piernas. Siempre deben haberte dicho que las tienes muy bonitas. Porque aun las conservas. Tanto ayer como hoy he podido comprobarlo... No bromees. No estamos ya para esas cosas... ¿Quién dice? Los ojos no tienen edad, aunque a veces vean con dificultad. Pero la atracción de las mujeres lindas no muere. Además parece que la capacidad para hacer el amor tampoco. Hace unos días leí en algún periódico —no recuerdo cual— un artículo en que se decía que era posible y hasta saludable la vida sexual aún en edad avanzada. Como médico yo siempre lo he dicho y muchos se burlaban de mí. Ahora es idea común que se discute no sólo en revistas científicas sino en publicaciones al alcance de todo el mundo como el "Reader's Digest". Claro que, como siempre, lo que hace falta es una compañía estimulante. Por eso se explica que a los viejos frívolos y a los no frívolos les gusten tanto las jovencitas y que muchas viudas ricas se busquen un "gigolo" en lugar de un compañero. Aunque esto no funciona conmigo, no sé por qué. Aun prefiero las mujeres maduras con quienes pueda conversar. Son más estimulantes para mí...

En tanto, habían llegado al restaurant. Después de estacionar el carro en el área indicada entraron. Frente a la luz intensa de la calle, con el calor sofocante, aquella penumbra del salón y su frescura casi fría por el aire acondicionado resultaba incluso incómoda. Pero después de algunos minutos se sintieron reconfortados. El "maitre" les indicó una mesa bastante apartada adivinando que les gustaría conversar. Como aperitivo ella pidió un "Daiquiri" y él un "scotch" en la roca. Luego comerían el pargo asado con plátanos maduros fritos y una ensalada. Así recordaban a Cuba otra vez.

Después de hacer el pedido ella le recordó lo que conversaban al llegar al restaurant: él venía diciendo que le gustaban las mujeres maduras porque podían conversar y que por eso... ¿qué? Chica, "no fishing". Tú sabes que lo que iba a decir es que por eso te había invitado. Porque tenía ganas de conversar. Ella lo miró con cierta picardía, se sonrió, y nada dijo. El se sintió algo embarazado y para desviar el tema preguntó: ¿Qué sabes de Carlitos? ¿Te escribe? Ella, muy lacónica, le respondió: Oh, está muy bien. Su madre me mantiene informada. Realmente se porta mejor de lo que yo esperaba. Tal vez fui injusta con ella, o ha madurado, no sé... No te preocupes en analizarlo. Nunca acierta uno, convéncete. La vida es un jeroglífico. Yo me pregunto muchas veces si no he sido yo la causa del desastre matrimonial de mis hijas por mi exceso de protección. Pero ¡qué remedio!, así ha sido.

¿Y en qué andas ahora? ¿Te sientes bien en la clínica dónde estás? Bueno, a mi edad no se siente bien uno en ninguna parte pero ahí voy tirando. Y ellos me consideran y me toleran todas mis majaderías. Hago lo que me da la gana. Y lo bonito es que aun conservo mi clientela de La Habana que va allí por mí. Me pregunto qué me encuentran con tanto médico joven bueno como hay aquí. Y más agradables de carácter... No te ocupes, saben lo que hacen. Dicen que más sabe el mono por viejo que por sabio. ¿No es así? Y de tu familia de Cuba, ¿qué sabes?

No me hables. Cuando nosotros salimos los quise sacar a todos y no quisieron. Ahora lo quieren. Y es inmensamente difícil. Mi hermana enviudó y ahora quiere salir con toda la familia. Yo debiera decirle que no, pero no tengo valor. Sé que aquello es un infierno, y muchos no lo confiesan, pero darían años de su vida por las penas del exilio. La libertad, hasta para equivocarse, es grata. Así es que aquí me tienes dando carreras por ellos y, como siempre, de "pagano". Reuniendo sólo el dinero que necesito para traerlos porque el resto de la familia se niega a ayudar. Cuando acabe con esa tarea mi vida ya estará terminada. Con setenta y cinco años en las costillas ya he dado bastante.

Eso crees tú. Todavía te queda mucho que dar. ¿No te has apiadado de mí ahora y has venido a mi rescate porque adivinaste ayer que estaba destruida, o tal vez, lo parecía? Estás equivocada. Me gustaría ser tan angelical como me pintas pero no es así. Los hombres somos todos unos egoístas, no se te olvide. Y cuando nos acercamos a las mujeres es por algo. Si me he acercado a ti no ha sido por lo que crees, sino porque estoy solo, desalentado, aburrido, cansado, hastiado —aun de la familia— y he pensado que contigo pasaría un rato agradable. Y ya ves, te estoy dando una "tabarra". No te preocupes. Ya me tocará mi turno. ¿Acaso crees que yo no tengo problemas que no puedo resolver contando con la familia?... ¿Crees que yo pueda ayudarte? Con gusto lo haría, porque para eso sí sirvo, tú lo sabes. No, no, no es nada material. Es un grave problema moral que nunca he confiado a nadie. Ayer la conferencia lo removió y tú, sin saberlo, has contribuido a que lo pueda resolver. No te entiendo. Estás muy sibilina. Cualquiera diría que quieres intrigarme. No, no, no es así. Es que estoy muy confusa. Por eso no dormí anoche. Y aun ahora no estoy segura de lo que haré hoy...

Elpidio se asustó. Pensó que ella pudiera tomar una grave decisión. Incluso la de suicidarse, porque la sabía muy deprimida desde la desaparición de su hijo. Y sin pensarlo, le tomó la mano con mucha ternura y le dijo con voz dulce y profunda: ¿Estás segura de que no quieres decírmelo? Te aliviaría y además quizá pudiera ayudarte. ¿Por qué no te decides? Las lágrimas asomaron a los ojos de ella. Y él presuroso le dijo. Vamos, cálmate. Hablaremos después. ¿Quieres algún postre? Yo pediré un flan para mí. ¿Qué quieres tú? Lo mismo y un café.

En silencio terminaron el almuerzo y ella tomó su café. El pidió la cuenta y después de pagar se fueron y emprendieron el camino de regreso a la playa de Miami donde ella vivía. En el trayecto, sin saber como, ella le contó todo. No omitió detalle alguno. Le habló como a un confesor. Después se sintió aliviada.

El la había oído en silencio, cavilando sobre lo que ella decía. Cuando terminó aun estuvo callado por unos minutos. Finalmente le dijo: Mira, creo que la decisión que tomaste ayer respecto a esa carta es la más sabia y lo prueba que te salió del alma sin pensarlo mucho. Esa carta para siempre debe ser una novela. Yo moriré pronto. Y tú sabrás callarte. Pero para que esa decisión sea válida esa carta debe desaparecer.

Si yo fuese tú la rompería y echaría los pedazos al mar. Es lo que se impone. Y así proteges el futuro de Carlitos que jamás debe conocerla. Que las olas se lleven lo que por sobre las olas te trajeron... Ahora fue ella la que quedó en silencio, demudada. Por fin le respondió: Tienes razón. Acompáñame tú a verla desaparecer. La tengo aquí conmigo. Sola no tendría valor para hacerlo.

El paró el automóvil un momento junto a la acera para apretarle fuertemente la mano que descansaba sobre el asiento. Y la miró con la mayor ternura. Después se encaminaron hacia Ocean Drive. Siempre en silencio. Ya allí estacionaron el carro. Ella sacó la carta. La leyó otra vez como si quisiera aprendérsela de memoria y se la dio a él a leer. Él lo hizo y se la devolvió sin decir palabra. Lentamente, mientras las lágrimas le corrían, Lucía la rompió en pequeños fragmentos con rasgos ilegibles. Luego, tomados de la mano, muy serios, se encaminaron a la orilla del mar. Ella muy morosamente fue dejando caer los pequeños pedacitos. Cuando hubo terminado aun se quedaron allí para verlos desaparecer.

Y con los zapatos mojados regresaron al auto siempre con las manos entrelazadas y en completo silencio. Fue él quien lo rompió. Con voz pausada y profunda le dijo: Hay que cancelar el pasado y aprender a vivir de nuevo cada día... como el sol que aparece cada mañana. Tal vez tengas razón, dijo ella. Lo intentaré.

La tarde estaba radiante. Y el mar, a esa hora, tenía un azul quieto que infundía paz.

FIN

INDICE ONOMASTICO

1. **Agramonte Pichardo, Roberto.** Profesor y escritor cubano. Rector varias veces de la Universidad de La Habana. Director de la Revista de la Universidad. Hoy vive en Puerto Rico en cuya Universidad ha profesado.
2. **Baquero, Gastón.** Poeta, escritor y periodista cubano de reconocido prestigio. Además de sus libros de poesía y ensayo en el periodismo se destacó como Sub-Director del "Diario de la Marina", en La Habana (Cuba), Hoy vive en Madrid, en cuyo periodismo y vida literaria ha vuelto a destacarse.
3. **Baralt Zacharie, Luis.** Profesor y director teatral. Enseñó Estética y Teoría del Conocimiento en la Universidad de La Habana. Murió en 1969 en Carbondale, Illinois, donde enseñaba.
4. **Benguría, Carmina.** Recitadora cubana de reconocido prestigio. Hoy vive en Nueva York.
5. **Bermúdez, Cundo.** Pintor cubano bien conocido internacionalmente. Hoy vive en Puerto Rico.
6. **Brull, Mariano.** Poeta cubano que se distin-

guió en el movimiento vanguardista. Murió en La Habana en 1955. Fue diplomático y representó a Cuba en diversos países de Europa y América.

7. **Carrillo Hernández, Justo.** Economista cubano que se destacó en la Revolución de 1930 siendo estudiante. Presidente del Banco Fomento en Cuba hasta su exilio. Ha ocupado cargos en organismos internacionales. Hoy radica en Miami, USA.

8. **Casuso Morín, Teresa** (Teté). Escritora y diplomática. Representó a Cuba ante las Naciones Unidas al comienzo de la Revolución. Hoy vive en Miami.

9. **Estopiñán, Roberto.** Escultor y pintor cubano de reconocido prestigio. Ha recibido numerosos premios y viajado extensamente. Hoy vive en el exilio en Nueva York. Está casado con Carmina Benguría.

10. **Florit, Eugenio.** Poeta, profesor y escritor cubano. Ha enseñado en Columbia University y en Barnard College. Tiene varias obras publicadas. Hoy vive en Nueva York. (Aunque nacido en Madrid se le considera dentro de las letras cubanas.)

11. **Hernández Catá, Sara.** Periodista y escritora cubana. Hija de Alfonso Hernández Catá, el escritor cubano de origen español. En Venezuela, hoy.

12. **Hernández Catá, Uva.** Hija del escritor cubano Alfonso Hernández Catá y hoy esposa del Dr. Carlos Márquez Sterling. Vive en Nueva York.

13. **Ichaso, Francisco** (Paco). Periodista y escritor cubano. Se destacó como colaborador de la "Revista de Avance" (1927-1930) y como impulsor del movimiento de revaloración de

Góngora en Cuba en 1927. Murió en el exilio en México en 1962.
14. **Lizaso, Félix.** Escritor. Editor de la "Revista de Avance". Escribió mucho sobre José Martí cuya obra conocía como pocos. Murió en Miami exiliado hace pocos años.
15. **Lobo Olavarría, Julio.** Destacado hombre de empresa cubano que nació en Venezuela pero que siempre ha considerado a Cuba como su patria. Hombre de excepcionales calidades se interesó siempre en el desarrollo cultural y económico del país. Vive desde hace algunos años en Madrid y, a él se debe la fundación del Centro Cubano en dicha ciudad.
16. **Mañach, Jorge,** Profesor, escritor, diplomático, parlamentario. Se considera como una de las figuras intelectuales más destacadas de Cuba en el siglo XX. Murió en el exilio en Puerto Rico, en 1961.
17. **Márquez-Sterling, Carlos.** Profesor, escritor, parlamentario. Fue Presidente de la Asamblea Constituyente de Cuba de 1940. Candidato a la Presidencia. Exiliado. Vive en Nueva York.
18. **Martínez Sánchez, Carlos.** Economista, profesor. Representó a Cuba en varios Congresos de Asuntos Económicos. Ha pertenecido en el exilio a diversos organismos internacionales. Hoy vive en Washington.
19. **Mederos de González, Elena.** Destacada mujer cubana que impulsó en Cuba el movimiento feminista y fundó allí los estudios de Asistencia Social. Animadora del LYCEUM, prestigiosa institución cultural femenina surgida en 1929 y que fue clausurada por el gobierno de Castro. La doctora Mederos ha sido funcionaria destacada de la UNICEF y

todavía es consultada en muchos de sus problemas. Hoy vive en Washington.
20. **Pazos Roque, Felipe.** Economista bien conocido internacionalmente. Cubano. Ha pertenecido a diversos organismos internacionales. Fue el primer presidente del Banco Nacional de Cuba. Fue consejero del presidente Kennedy para la Alianza para el Progreso formando parte del "Grupo de los Nueve". Retirado actualmente del Banco Internacional vive en Caracas, Venezuela.
21. **Sánchez Arango, Aureliano.** Profesor, político, revolucionario. Se destacó en la Revolución del 30 en Cuba. Fue un excelente Ministro de Educación. Murió en el exilio en Miami en 1977.
22. **Serra Badué, Daniel.** Profesor de Arte, pintor y dibujante de excepcional calidad. Director del Museo Nacional de Cuba. Ha recibido numerosos premios y expuesto en reputadas salas de Europa y América. Hoy vive en Nueva York.

ACLARACION

En muchos aspectos esta novela contraviene muchos esquemas y rompe con muchas ideas tenidas hoy por válidas en el campo de la literatura. Enumero a continuación algunos aspectos que quiero destacar.

1. **Organización lógica.** Esta novela no presenta como otras de gran fama una organización de su material que haga difícil su lectura al lector promedio. Quien la escribe está al tanto del "absurdismo" y "alogicismo" que imperan en la novela contemporánea. Y celebra que el movimiento haya ocurrido. Pero cree muy firmemente que la novela es género de entretenimiento a diversos niveles y que el hombre no puede hacer profesión de fe de irracionalidad permanente sin dejar de ser lo que es. El último premio Nobel de literatura concedido al escritor norteamericano Singer parece confirmar esta tesis.

2. **Organización temporal.** Si bien el tiempo es en muchos casos uno de los aspectos que

más se destaca en la novela, como experiencia humana, como "duración", no recurre a trastueques temporales que hagan difícil su lectura. La trama se desenvuelve linealmente.

3. **Erudición.** Muchos considerarán esta novela como excesivamente intelectual por las abundantes referencias a libros y teorías. ¿Cómo podía ser de otro modo si sus protagonistas se desenvuelven y pertenecen al mundo intelectual, o así llamado? Pero siempre se dan referencias que orienten al lector medio.

4. **Abundancia de descripciones de viajes y lugares.** Todos los sitios que se citan y describen fueron vividos como experiencia por el protagonista y es como él los ve o los visita que aparecen. No creo que eso lastre la novela. Más bien lo contrario. Pero es el público quien en esto tiene el derecho a opinar. La autora cree que es un mérito añadido. No un defecto.

5. **Falta de tremendismo.** La literatura actual presenta a seres humanos que parecen todos monstruos. Es como si la normalidad se hubiese escapado del planeta y que sólo lo feo, absurdo, desesperado, degenerado o bestial tuviese carta de naturaleza en nuestro siglo. Negar que mucho de esto forma parte de nuestro mundo hoy sería caer en un ilusionismo tonto e irreal. Pero no todo tiene esa cara. Para buena fortuna hay seres aun que se enfrentan a esa tarea azarosa que es vivir con el ánimo sereno, con la mira en lo mejor y con un ideal de belleza.

Presentar parte de ese mundo es lo que ha pretendido esta novela.

6. **Concepción mágica de la vida.** Se habla mucho hoy del "realismo mágico" especialmente aplicado a la novela hispanoamericana. Se quiere olvidar que el renacimiento de las concepciones mágicas de la vida es una consecuencia del exceso del "racionalismo" que desplazó a Dios y a la religión de la vida humana. En esta novela muchas coincidencias sin explicación racional nacen de ese sentimiento mágico que pervive en todo hombre como resto de su niñez. Pero aparece también una muy clara vuelta hacia Dios sin fanatismo de clase alguna.

7. **Relación Hombre-Mujer.** En este siglo de emancipación de la mujer las tesis se han llevado a extremos tales que la felicidad y estabilidad emocional de hombres y mujeres se ve intensamente perturbada. Por ese camino se cuelan muchas desviaciones, muchos excesos y muchos resentimientos infecundos. La novela ha tratado de presentar la relación hombre-mujer como debe ser y como muchas veces es cuando es más plena.

8. **Lenguaje.** En general se ha tratado de usar un lenguaje que dé al idioma todo su brillo. Pero que en cada caso se ha ajustado a las situaciones. Por supuesto, se han suprimido las palabras obscenas por no creer que ellas añadían nada a las situaciones planteadas.

9. **Política.** La novela tiene un contenido político. No hay duda. Pero está planteado a nivel humano. Es el tema del exilio, de la

erradicación, del descentramiento, en un siglo en que los éxodos son masivos y por circunstancias políticas siempre. Por eso la novela puede interesar a todo el mundo. Al menos al mundo de Occidente.

10. **Esperanza.** Cuando casi toda la literatura que se produce hoy deja un sabor de angustia sin salida en el hombre este libro deja un aura de esperanza. Es que la vida tiende a persistir cuando es sana.
Nada más.

INDICE

	Págs.
Primera parte	5
Segunda parte	125
Tercera parte	161
Indice onomástico	203
Aclaración	206